狗說

◉夏夏／著

聯合文叢 569

1

「早安，媽媽。昨天晚上睡得好嗎？」

狗熱情地向媽媽道早安。

每天早上，家人都出去上班後，就是媽媽與狗的一天。

不管媽媽在陽臺上澆花，在廚房裡做飯，或是去市場買菜，狗都會陪在媽媽身邊，一邊和媽媽聊天。

狗今年九歲，以犬類來說年紀相當人，土黃色的毛色開始有些變淡，尖端變成白色的，身形中等且削瘦。耳朵豎起來的時候是狹長的三角形，指甲是黑色的，尾巴很細，搖起來很俐落。狗不愛叫，也不會攻擊人。

牠是在七個月大時來到這個家裡的。

狗喜歡跟媽媽說話，媽媽也喜歡跟狗聊天。

至少，兩個禮拜前還是如此。

今天早上，媽媽花了很長的時間站在鏡子前面，沒有穿衣服。媽媽很久沒這樣做了。她站在鏡子前面，看著自己的乳房。

爸爸和往常一樣準時起床，吃了媽媽準備的早餐後，愁眉苦臉出門上班，沒什麼特別的。爸爸的公事包通常裝著不太重要的文件，前面的夾層裡一定有一包菸和打火機。

爸爸總是走出巷子後，在右轉處的人行道上等著過馬路，再往前走五分鐘到捷運站，轉兩次車以後到達辦公室。他的部門負責管理都市建築物的評估。爸爸很少請假，不過也經常抱怨工作。

前陣子狗失蹤了，媽媽焦急萬分，走遍大街小巷到處問人，在社區的商店和布告欄張貼印有照片的海報。經過焦心的兩週後，狗自己回來了，而且奇蹟般地毫髮無傷出現在家門口，精神看起來甚至比之前更好。當狗出現在家門口時，全家人都驚訝不已。

可是從那時候開始，狗就沒有再對媽媽說話。當然，這樣子的轉變只有媽媽察覺到，畢竟狗只在媽媽一個人時才開口說話。

起初，媽媽以為狗是因為受到驚嚇或是在外面累壞了，所以沒辦法像以前那樣說話。但是過了好幾天，狗還是一直保持沉默。媽媽懷疑牠是否啞了？

牠真的是狗嗎？

除了無法說話以外，狗看來一切正常，連食慾也沒有減少，睡在同樣的位置，弓著身體舔自己的毛，依然陪媽媽做家事，出門辦事，就連小便的姿勢也一模一樣。

出門時，媽媽一路走在狗的後面觀察。不知道狗失蹤的這十幾天來到底去過哪裡？或是被收容在什麼地方？又是如何跑回家的？

經過公園時，他們遇到一隻體型龐大的拉不拉多犬，拖著一身的橫肉對狗齜牙咧嘴。狗也不甘示弱地吠叫。這下子媽媽更肯定，狗沒辦法說話了。他們之間那條神祕的聯繫線，在發生了某些轉變後，硬生生斷掉了。

「狗，你失蹤時到底去了哪裡？發生什麼事？」

媽媽輕輕揉著狗的鼻梁，狗舒服地瞇著眼睛不發一語，像一隻再普通不過的狗享受主人的撫摸，然後用溫熱的舌頭回報。

媽媽的煩惱沒辦法跟其他人說，說了也沒有人會相信。失蹤兩週的狗，回家之後就沒辦法跟主人說話了。「狗本來就不會說話啊。」想也知道會得到這樣子的回答，甚至被投以異樣的眼光。

事實上，昨天晚上媽媽曾試著向爸爸透漏這個奇怪的煩惱。

「妳是說狗的行為變得很古怪嗎？我看還好啊，是妳比較怪吧……」晚飯時，爸爸一邊盯著電視，心不在焉地回答。

「狗的一般作息都很正常，只是，我覺得好像沒辦法像以前那樣，知道狗的意思……」媽媽有些支吾。偷偷瞄了一眼狗。

「所以……牠在家亂尿尿嗎？如果有什麼麻煩，還是從外面帶皮膚病回來，就把狗送走好了。」說完，爸爸又繼續盯著電視螢幕。媽媽只得作罷，繼續將煩惱留在心裡。

晚餐後，媽媽落寞地收拾碗盤，狗全身趴在鋪了磁磚的地板上，用肚子享受著地面傳來的涼意消暑。電視依然嘰哩呱啦講個不停，爸爸則轉戰到客廳的沙發上，把腳翹得高高的，拿著遙控器隨意轉臺，最後停在陳腔爛調的談話性節目，屋內顯得更嘈雜。牆上的掛鐘敲了十下，沒多久，爸爸就已經在沙發上睡著了。

爸爸一直都在市政府裡面上班，是個標準的公務人員，朝九晚五的生活彷彿是他與生俱來的基因，再加上溫吞的個性，依賴穩定的作息，對別人的事有種掩飾得很好的漠然，但絕不放過任何大發議論的機會。很快地，在他襯衫下的肚皮逐漸圓滾，頭頂的稀疏與陳年的汗臭也隨之而來，而每天都要抽上幾根菸的習慣則無論如何也改不掉。但也沒什麼好要求更多了。至少爸爸每個月的薪水是乖乖拎回家的，而至今沒在外面拈花惹草把麻煩帶回來。比上雖不足，比下卻是綽綽有餘了。

這個表面上看來平凡無奇的家，和上百戶家庭群聚在這座僻靜的住宅區，過著相似的生活。

擁有相同三房一廳的格局，一個標準停車格，廚房不大，兩套衛浴設備，電視的聲音象徵一日的起居。如果還有閒錢，也頂多是換上大一點的電視機之類的。家裡除了夫妻倆共用的主臥室外，另外兩個房間分別是兒子和女兒的。

女兒半年多前剛從學校畢業，隨即在學長介紹下進入一間中型廣告公司上班。這份工作正符合女兒心目中的理想，她一直想從事廣告企劃，嚮往在徹夜通宵的團隊合作之下，腦力激盪出令人拍案叫絕的廣告點子以獲得客戶的青睞。如果自己想出來的文案變成家喻戶曉的口頭禪，那就再好不過了。然後大夥在收工後一起喝一杯，放鬆一下。所以儘管這份工作的起薪甚是微薄，又常態性的無限加班，才剛熬過試用期的女兒還是顯得躍躍欲試。

而且即使是不加班的日子，女兒也會和朋友相約在外面聚餐或是玩樂，遲遲才回家。

兒子正在念大學，可是卻成天關在房裡玩網路遊戲，整天不見人影。媽媽常常怕他忘了吃飯餓著了，於是吃飯時替兒子把飯菜打好，端到房裡給他吃。久而久之，兒子更不常露面。飯桌上就剩下老夫老妻，二菜一湯。這邊將就一點，那邊將就一點，日子就退守到現在的景象，一家人難得聚在一起。

爸爸有時候看到女兒晚歸忍不住唸上幾句，「就想到跟朋友聚聚，怎麼就不會跟我們聚？」

女兒敷衍地應付幾聲，馬上又接起手機聊天。

再不然，爸爸看到媽媽把飯菜裝好，端到兒子房間，也會氣得責怪媽媽，「兒子就是被妳這樣慣壞的……」

媽媽低頭繼續夾菜，還把最大塊的肉塞到兒子碗裡。

她當然知道這樣放任孩子不是好事，但她就怕人家說閒話——因為兒子、女兒不是她親生的，就對他們不好。所以不管怎麼樣，她都掏心挖肺對這兩個孩子好。

不知是否是她的誠意果真感動兒子、女兒，還是這兩個被慣壞的孩子沒有良心，自從他們的生母在兒子國小、女兒國中時移民到國外，久了以後也跟生母淡了聯絡。他們幾乎沒有反抗地接受家裡來了一個陌生的女人，並且沒花太多時間就習慣改口叫她媽媽。不出幾年，他們便鮮少和住在國外的生母聯絡。

媽媽從來沒有生過一兒半女，和爸爸結婚後，一夜間晉升為兩個孩子的母親。有時候媽媽覺得兒子女兒的生母雖然失去了家庭，卻得到自由的生活。

說不定她是故意的，此時正在遙遠的某處竊喜著。

鄰居太太剛搬來這裡時，常誇獎媽媽，「生了兩個小孩，身材怎麼還保養得這麼好……」媽媽常臉紅得不知該如何應對才好。看著鄰居太太臃腫的身材，曾經有活生生的生命孕育在那具身體裡面，那是生兒育女的證據。

「笑笑的就好啦。反正人家只是說說客套話，沒有人會認真的。」爸爸一邊看報紙一邊回答她。

媽媽覺得爸爸一點也不懂她的感受，一下子得適應新的身分，從單身女人成為已婚婦女，還冒出兩個正值青春期的孩子。雖然婚前已經做了一番心理準備，但剛投入新生活時，卻還是像在冬天的早晨一口氣跳進游泳池般令人慌亂得心臟痲痺，還要故作鎮定，免得被敏感的孩子看穿，失了他們的信任。

而爸爸，從頭到尾還是爸爸。繼續做同樣的工作，坐在同一個位置吃飯，睡在床的同一邊。

「妳是吃飽太閒，才有時間胡思亂想……」又是個男人會說出來的標準答案。

「早安，狗。昨天晚上睡得好嗎？」

狗把頭靠在床邊，張著嘴巴喘氣，用牠濡溼的鼻子輕觸媽媽露在被子外面的手臂，狗不語。

媽媽嘆了一口氣，下床替狗的碗添了一些食物。狗立即狼吞虎嚥地吃了起來，把放在地上的碗舔得喀喀作響。

吃完以後，狗靠在媽媽腳邊，像狗。

那條聯繫的線依然無力地垂掛著，沒有發生任何作用，好像久久拿著一具無法接通的電話聽筒，最後連訊號聲都消失在寂靜中。

爸爸和女兒已經出門上班，兒子大概又是天亮才睡，不到下午是不會起床的。媽媽把髒衣服丟進洗衣機，按下幾個按鈕，這臺機器就會快活地洗好衣服，同時把衣服烘乾。她得找點事來消磨等待的時間。

剛成為媽媽時，媽媽白天常常在家裡悶得發慌。雖然明明有很多家事要做，再不然也可以學鄰居太太參加社區舉辦的活動或課程，一群女人嘰嘰喳喳湊在一起聊天，一個半天很快就可以消磨掉了，但總提不起勁來。

也曾經加入地方政府籌辦的合唱團，每個禮拜有一個下午需要練習。曲子大多不難，但因為大部分的團員都看不懂五線譜，合唱團指揮只能一句一句唱給大家聽，成效自然只有勉強合格而已。不過團員們絲毫不引以為意。能夠認識年齡相近的朋友，聊聊共同的話題，同時暗中較勁一下家世和保養功夫，這才是最大的調劑。

合唱團隸屬地方政府，每年固定舉行兩次的演出旅遊，由政府招待，合唱團負責在每回晚會上登臺演唱。媽媽在鄰居太太的慫恿下，加入合唱團待了快一年，最後以家中太忙為由退出。但事實上，媽媽受不了一群熱情好事的女人，永無止盡在對話中刺探對方的隱私，像要挖出垃圾場裡那半塊還沒被吞下肚的肉排，好滿足空虛的腸胃。而媽媽偏偏就有想要極力掩埋的事。且祕密一旦在最初時被埋進土裡，就最好不要再被挖掘出來，否則之前所撒出來的謊，會遭受一場不得不連根拔起的災難。

洗衣機繼續隆隆地運轉，媽媽回到房裡沖澡。透過通風的小氣窗，灑進一點點外面的陽光，陳舊的浴室被暈上薄薄的好意，像塗在餐包上少少的果醬。媽媽記得剛搬來時，浴室蓮蓬頭的水柱很強，每次洗澡時，水滴化成細小的針打在乳房上，總覺得刺刺痛痛的。她想到也許是因為生病的關係，使得乳房特別敏感。

媽媽看著小氣窗外的天空。夏天時，正午到下午這段時間太陽照射得最猛烈，但只要一片烏雲飄過來遮住太陽，大地瞬間就會變暗，只能憋著一口氣等待陰沉過去。接著一陣風吹來，又再度重返光明。媽媽經常出神地看著光影的變化，感受著沉默中的移轉。

沖完澡，媽媽裹著浴巾走出浴室。地上留下一小灘水痕。將身上的水珠擦乾後，媽媽將浴巾丟在腳邊的地上，全身一絲不掛地看著鏡中的自己。

主臥室的採光很好。白色的窗簾，上面原本的花色經過太陽曝晒，褪成很淡的痕跡。從窗戶望出去，和對面的住戶還有一條巷子的距離。上午的陽光把房間分割成兩邊。床單是酒紅色的，就像大部分中年人的選擇。媽媽站在有陽光的那一邊，全身沐浴在熱熱的空氣裡，背上已經布滿滲出的汗氣，汗毛微微的發亮。鏡子在陰暗的那一邊。

鏡子裡的媽媽也是發亮的。她有些胖，比起以前，腰和臀部都累積了不少脂肪，手臂下方也垂掛著軟肉。

媽媽得了乳癌。

左邊的乳房。

很久很久以前，已經動過手術把癌細胞切除，也做了一系列漫長的治療。乳房剩下的部分還好端端留在原來的地方，目前為止沒有繼續惡化。有時候在洗澡前，媽媽會像這樣站在鏡子前面，將毛巾披掛在左肩上，使她的裸體看起來和其他女人一樣正常。

在沒有得乳癌之前，媽媽從來沒有注意過自己的乳房。它們其實很好看，大小也適中，乳頭的顏色富有生命氣息。不過那都不重要了，媽媽已經習慣不去在意別人知不知道她是一個癌症患者，或是用什麼樣好奇、同情的眼光看她。畢竟那都是婚前的事了。

爸爸一定記得那對乳房本來的模樣吧。雖然過沒多久，媽媽便進行切除手術。爸爸似乎是以為媽媽也許活不了多久，為了讓她在人生最後一段路程有人陪伴，才跟媽媽結婚。

新婚時的氣氛摻雜著嗆鼻的藥味，孩子們對她的順從說不定也是因為她是病人。

想不到她比可惡的癌細胞更頑強，居然活了下來。

這可不是僥倖得來的。媽媽進進出出醫院接受各種折磨人的治療，吞下無數的藥丸，還有坊間流傳的養生偏方，大量的有機蔬食，放棄許多享樂，當然還少不了規律的運動。家人們一定覺得厭煩極了。這個將死亡陰影帶進家裡的女人，越活越堅韌，誰也沒辦法奪走她的生命，甚至比家人活得還要健康。他們這下不知該怎麼看待媽媽，一切有些超乎預期。

而媽媽繼續過著她健康的生活。

在這之前，媽媽去學了國標舞，也是鄰居太太邀約的，地點是在家附近的國小操場。只見偌大的操場上被瓜分成幾個不同的小團體，有些是練武術、打太極的，有些是跳有氧舞蹈，有些單純是來打發時間。那些年紀很大，老到跑不動的人，兀立在一旁看著大家。

媽媽參加的國標舞社團佔據在升旗臺旁邊的樹下，其他則是零星的跑步者，繞著操場慢跑。通常天剛亮沒多久，來運動的人們也陸陸續續到達操場，默默地暖身、健走，一直到六點左右，學跳舞的人都到齊才放起音樂來。

教跳舞的老師是個三十多歲的女人，跟其他學員比起來年輕許多。來學跳舞的幾乎都是女人，偶爾會有夫妻一起前來，但為數不多。國標舞原本是一男一女合跳，在舞蹈中勾勒男女之間性的魅力，但是在這裡，是女人與女人之間的共舞。通常大家都會找要好的夥伴合跳，輪流扮演男士和女士。新來的學員，可以在這裡認識新夥伴。倘若真的有人落單，也會在空氣中比畫出虛擬的舞伴，手扶著空氣隨音樂起舞。教跳舞的老師替這些屬於成人的舞蹈挑選了成熟味較濃的曲子來搭配。在風塵的曲風中，女人摟著女人的腰，握著女人的手，跟隨彼此的腳步，在一進一退之間契合著節拍，又錯過貼近對方的機會，始終保持適切的距離。

曲子一首接一首播放下去，大家專注地在晨光中跳著暗夜的舞蹈，目光掠過彼此的肩膀望著遠方，不知道在想些什麼，是否已經回到往日苦澀的回憶裡？

那時候，每回跳舞的早上，媽媽總是很早起床，準備好早餐放在餐桌上才出門。

媽媽和狗走在寧靜的街上，上班族和學生都還在賴床，只有早餐店傳出煎蛋的香味。準備要收班的計程車司機打算跑完最後一趟回去交班，回去的心情變急了，車速更快。Pub門口蹲了一排徹夜狂歡的年輕人正在抽煙提神，討論今天要不要蹺課。媽媽看著那些跟兒子年紀差不多的孩子，臉上的濃妝逐漸暈開，雙眼迷離看著灰濛濛的馬路，用她不熟悉的方式度過精采的人生。這時候的媽媽會覺得全身充滿力氣，過去被遺忘的力量又重新支配著四肢。

當媽媽跳舞時，雙手碰觸另外一個女人的身體，眼睛盯著操場周圍的樹木，每一棵看起來是這麼相像。她不刻意想什麼，但又想到許多。一些模糊的臉孔，分不清楚是記憶還是幻想。天空逐漸亮起來。特別是冬天時，這份感覺格外強烈。

後來教跳舞的老師結婚，搬到別的縣市居住，跳舞課就自動解散。少了國標舞這個消遣，已經習慣早起的媽媽覺得白天更長了。她慢慢地在市場裡穿梭，做一些無謂的精挑細選。有時候和狗刻意繞遠路回家。狗喜歡跟媽媽散步，牠說。

無論媽媽說什麼，狗都會附和，有時候提出幽默的建議。牠通常不太理會陌生的狗，對人類比較親切。

又有一次在市場門口，媽媽遇到來推銷健身中心課程的年輕人。他們鎖定的對象是白天無所事事的婦女們，想要擁有健康又要追求青春。健身中心推出各種健身課程和器材，全天候輪番上陣，讓會員隨時可以去運動。

不到十分鐘後，媽媽已經在健身中心人員的陪同下參觀設備。中午回到家前，媽媽已經完成入會手續，成為會員。

「你放心，我還是會每天陪你散步的。」回程的路上，媽媽對狗說。算一算時間，那已經是一年多前的事了。

午餐時間，媽媽到街上的自助餐店吃飯，狗也一起去了。自助餐開在街上有幾年了，媽媽一直到前些日子才察覺到，每當一個人在家不想做飯時，就會來這裡吃。

媽媽和三個上班族共用餐桌，應該是鄰近辦公大樓裡的員工。長方形的店面不大，門口左側前半部是食物檯，供應價格中等的家常菜，其餘空間擺了十來張桌子，牆上掛了一臺電視機，總是轉到新聞臺，血淋淋的畫面不輸給食物檯上的菜色。店裡面有幾個歐巴桑在忙著，老闆是一個中年男人，沒有禿頭，沒有凸肚，長相斯文，穿著短袖襯衫和休閒褲，一點也不像自助餐店的老闆。如果沒有穿圍兜時，看起來還頗有學問的樣子。

廚房的菜出完後，自助餐老闆蹲在門口，就在狗旁邊。一瞬間，媽媽還以為自助餐老闆正在和狗聊天。不過狗只是挺直上身蹲踞著，舌頭吐得長長的看向前方。自助餐老闆嘴巴一開一闔好像在唱歌，不時還忘我的挑眉毛。狗豎起來的耳朵動了幾下。

下午，媽媽把一塵不染的家裡又打掃一番，時間滴答滴答小步緩移，黃昏時的天空是飽滿的水藍，很安全的亮度。明天一定是晴朗的天氣。但就算下起大雨那又怎麼樣呢？

對媽媽來說，此時正被更煩心的事情包圍著。在狗身上發生的轉變實在太突然，媽媽努力回想那天發生的事情。

她和狗正在去郵局的路上，心血來潮走了一條之前沒走過的巷子。那條小巷子的寬度僅容一臺機車通過，因為兩旁擺滿巨大的花盆，裡頭栽種著巨大的植物。盆栽的巨大化，讓狗顯得身形嬌小，但這其實也沒什麼怪異的。穿過短短的巷子一下子就回到大馬路上。

狗在媽媽進郵局辦事前，和媽媽說好牠到附近遛達一圈找點新鮮的味道聞聞，順便加強一些牠的記號，一會兒就回到門口和媽媽會合。可是等媽媽從郵局出來，卻不見狗的蹤影。她站在門口等了好一會兒，決定繞到剛剛那條小巷子看看，猜想或許狗在那裡逗留。可是狗不在那裡，反倒是有另外一隻黑狗抬腿正在大花盆旁撒尿。「你好，你看見我的狗了嗎？」可惜那隻黑狗不會說話，撒完尿後頭也不回地走了。媽媽不死心，又回到郵局門口，一直等到郵局關門才回家。狗從來沒有失約過，發生了這樣非比尋常的狀況，讓媽媽很擔心。

到了晚上，狗還是沒回家，家人也沒有發現。

狗失蹤的那兩週，媽媽每天到郵局門口好幾趟，又趕緊回到家裡，生怕狗已經先回去了。那是十分難熬的兩週。狗回來的那天，天空和今天一樣是飽滿的藍，澄澄澈澈將天空的祕密曝現在人的眼前。可是媽媽只能看見眼下這道解不開的謎，一條不會說話的狗。

她搔了搔狗的側腹，愛惜地看著狗，失而復得但已失去最重要的部分。

看來要找回她和狗聯繫的那條線，就必須找出狗曾經去過哪裡，發生了什麼事。媽媽想。

2

狗又作夢了。

狗側躺在地上，四足不斷划動，嘴裡發出嗚咽聲。後來動作越來越激烈，最後像全速奔跑一般，四足快速揮舞，叫聲也變成咬牙切齒的低吼。

媽媽趴在地上，小聲把狗喚醒，「醒醒，你作惡夢了。」

狗差一點咬到媽媽的手。

「是我啊，狗。」

狗張開眼睛，發現是媽媽，很抱歉地舔了舔媽媽的手。媽媽搓揉著狗的背部，牠才又放鬆下來，將頭靠回地板。

狗以前也常作夢，這一點跟媽媽很像。醒來時，狗會告訴媽媽牠夢見什麼，如果牠還記得的話。有時候狗夢見出去玩耍。一整片的山坡地在眼前延伸開來。醒來以後，狗會說，「帶我出去玩吧，媽媽。」

當然，狗也會夢見和其他的狗搶地盤，然後氣呼呼地醒來。這時候媽媽會搓揉著牠的背，讓牠放鬆下來。

「別這樣，你要跟大家作好朋友啊！」

狗扭一扭鼻子，「但還是會有一些討人厭的傢伙。」

「總不會比人多，還不如去咬他們。」媽媽笑著對狗說。

「這倒是。」

也有的時候，媽媽會趁著狗睡著時，悄悄在牠耳邊小聲地說，「狗，你要記得我的聲音，不要忘記我。萬一有一天你走丟了，記得要回來。」狗在睡夢中，耳朵抖動了幾下。希望牠能做個好夢。

狗小時候常常夢見自己被拴在一個塵土飛揚又亂糟糟的地方，四周有好幾臺大型機具發出低沉可怕的噪音。那裡的人們匆忙地從牠身邊經過，偶爾會停下腳步摸摸牠，可是一旦牠想跟上那些人的腳步，脖子上的鎖鏈就會將牠硬生生牽制住。媽媽告訴狗，那是因為牠的媽媽被人養在工地裡看門，狗也是在那裡出生的。不過狗從來沒有夢見過牠的媽媽，也許是因為牠不記得媽媽的樣子。

可是現在，狗沒辦法告訴媽媽牠作了什麼夢。說不定是和失蹤的那兩週有關，在夢裡面又重演了一次。狗弓起身體抓癢，又躺回地上，慢慢閉上眼睛。

媽媽從小就常常作夢。不管是快樂、恐懼、悲傷，無數的記憶游來游去，像站在池邊看向水裡，情緒在夢中都會被放大。

狗剛來到家裡後，媽媽習慣對狗說話，其實跟自言自語差不多，但至少有個對象。媽媽會毫不保留地把祕密告訴狗，包括她的夢境。就算夢中的畫面已經模糊不復記憶，媽媽還是會鉅細靡遺形容那份心情。看向狗的眼神，媽媽覺得狗似乎能了解她的心情，比家裡任何一個人都更了解她。

曾有一個夜裡，媽媽夢見狗：媽媽出門旅行返家後到處都找不到狗，她坐在門口難過地哭泣。門前經過一隻尾巴捲捲的黑狗，緊跟著是第二隻、第三隻……無數隻全都是一樣的黑狗。媽媽看到忘了哭泣。這時候，在隊伍的最後面是媽媽找了好久的狗。她高興地抱著狗。狗說，「輕一點，妳勒著我的脖子了。」

「你會說話？」媽媽驚訝地看著狗。

「一直都會。」

「那你以前怎麼不說？」

「也不是不說，只是沒有特別想說什麼。況且……妳從來沒問過我會不會說話。」

醒來以後，「早安，媽媽。昨天晚上睡得好嗎？」狗便開始說話了。

「媽媽，妳發現了嗎？好多人的嘴巴是歪的。」有一天從市場回家的路上，狗對媽媽說。

「什麼意思？」

「剛剛賣菜給妳的那個阿伯，他說話時嘴巴是歪的。昨天在便利商店遇到的年輕小姐也是。」

狗得意地分享新發現。

「這我倒沒注意過。」

「妳仔細看就會發現，大部分的人嘴巴都是歪的。」

「我也是嗎？」

「只有一點點，不認真看的話是不會發現的。汪汪！」一隻貓擋在人行道上，被狗的叫聲嚇跑。媽媽向站在店門口的老太太打招呼，老太太笑的時候嘴角用力上揚到臉的右側。

「人的嘴巴為什麼好端端的會歪一邊？」

「可能是因為常常想要用力抓住什麼吧，時間久了以後，就成了肌肉習慣用力的方向。」狗說。

「抓住什麼？」

「大概是因為有太多在意的事了。像動物就不會有這種情況發生。」

回家後，媽媽對著鏡子研究自己說話的表情。臉部肌肉的牽動還算平均，但貼近一看的話，嘴角兩側的法令紋深度卻不同。左邊的法令紋比右邊的深一些。

「看來我是歪向左邊的人。這跟我慣用左手有關嗎？」

「但媽媽還是很美麗。」狗說。

「謝謝你。」媽媽微笑，右邊的嘴角偷偷多用力些。

爸爸說話的特色不是歪嘴巴，而是挑眉毛，那給人一種開玩笑的感覺。剛認識爸爸時，媽媽覺得爸爸很幽默。但結婚久了以後，爸爸對媽媽的話常常不理不睬，再不然就會說，「妳想太多了。」然後眉毛一挑一挑的。

「那個沒出息的傢伙前天又打電話來了。」爸爸說。下班回家以後，爸爸習慣脫掉襯衫只穿著汗衫。

「打到辦公室？」媽媽從廚房端出最後一盤菜，坐下來拿起碗筷。

「是啊，在中午休息時間……」

那個沒出息的傢伙是爸爸的哥哥。

爸爸的哥哥這幾年下來做生意一直不順利，簡直像是被倒楣鬼附身，不知不覺積欠越來越多債務。儘管每次東山再起時都說，這次一定沒問題。但過沒多久又賠得一敗塗地，跑來向爸爸伸手。

「這次又要借多少？」媽媽問。

「我沒讓他把話題轉到那上面就兜開來了。」爸爸塞了一大塊帶肥的紅燒肉進嘴裡。

「偶爾也關心一下，好歹是自己的哥哥。你們倆個性其實很像。」

「我才不像他這麼沒用。」爸爸快速扒著碗裡的飯。

說起這個哥哥，爸爸就有許多抱怨。兄弟倆相差三歲，到底是一起玩大的，小孩間的打鬧吵架不算的話，感情還不壞，調皮搗蛋時也會互相掩護。學校畢業後，爸爸曾經跟著哥哥學做生意，當時哥哥跟朋友合夥的小公司搞得有聲有色，是專門經手建材的中盤，前途一片看好。爸爸沒有任何經驗，從業務員做起，哥哥帶著他到處跑客戶。不久後就交由爸爸自己去見客戶，業績壓力自然也跟著大起來。幾次以後，爸爸萌生退意。哥哥明白爸爸的個性，也就不勉強他。後來爸爸在家蹲了一年多，最後終於考上公職在市政府上班，也在那時候展開第一段婚姻生活。

爸爸和哥哥在那之後就過著各自的生活。哥哥忙他的生意，爸爸安穩度日。父母去世後，兄弟倆一年更是難得碰上一兩次面，也因此每回哥哥打電話來訴苦、借錢週轉時，爸爸都覺得像是被墳墓裡爬出來的怨靈纏住，趕也趕不走。

媽媽對哥哥的認識全靠爸爸的描述。印象中，爸爸的哥哥體型偏瘦，肩膀窄窄的，說話時手勢很多，給人一種投機的感覺。兩年前，哥哥突然在機場昏倒，被緊急送往醫院時才知道是中風發作，必須住院，情況更是雪上加霜。哥哥為了生意一直在各地間東奔西跑，到現在仍是獨身，生病時只能孤伶伶躺在醫院。幸好那次中風只是輕微發病，接下來只要多注重飲食健康，工作壓力不要太大，就沒什麼大礙了。

媽媽曾提議到醫院探望爸爸的哥哥，不過爸爸一再拖延，最後不了了之。她很清楚一個人待在醫院面對無止盡檢驗的無助。

搞了半天，其實醫生什麼都不知道。媽媽自己在經歷一連串的門診後得到這樣的結論。醫生要媽媽從這個科目轉診到另一個科目，花了好多時間在醫院裡不斷地抽血、做檢查、看報告，每個步驟都要等上一週，一拖下去就是好幾個月。

在醫院裡面最令人難以忍受的不是空氣中瀰漫的藥味，不是那些冰冷又精準的設備與空間，不是一張張的愁容，而是愁容背後的未知。人生中最龐大的未知都集中在此，形成一種單調的濃稠氣氛。人們坐在醫院的大廳裡、走廊上、診間與手術臺上等待，猜測關於機率的問題。若懷抱著希望期待未知，所擔負的恐懼也越大。當人們談起生死時，總慣用肅穆、偉大的口吻來崇敬這份未知，但現實的生死在醫院中大量體現，竟變得平常。

「妳怎麼現在才來？」

醫生帶有責備的意味，「有抽菸的習慣嗎？喝酒呢？還沒生過小孩嗎？」醫生低下頭，中性的視線穿過眼鏡上方看著媽媽，彷彿媽媽在生病的那一刻起，本身已化為一個生病體，人生至今所累積起來的其他特質都被取代。而沒有盡早來就醫，是身為病人的過錯，是病情惡化的肇因。

「沒有生育過的婦女得乳癌的機率會比較高，」那時候媽媽獨自去醫院看報告，醫生嘮嘮叨叨一堆廢話。「……家族遺傳或是生活習慣都是影響的關鍵，不過這不代表沒有辦法治療，只要盡量配合醫院的療程，乳癌患者還是可以享有正常的人生。」

來醫院之前，媽媽就有預感不會是好結果，她能感知身體的不適，雖然此時心理因素佔據了更大的影響力，但為了排除太過戲劇化的情節，她決定自己到醫院。往後的治療她也都一個人前往。

為了對抗疾病，媽媽接受了無數次侵入性治療，她的身體變成名副其實的戰場，且不論是善或惡的一方暫時獲勝，媽媽都覺得疲憊不堪。殲滅的過程使得她更加脆弱、敏感。時間以奇異的速度委蛇前進。好一陣子，連她自己都以為世界的中心只剩下那些增生變異的癌細胞，恐懼與悲傷的情緒都不如試管中的血液、報告中的數字來得真實。她和所有患重病的人一樣，想著自己還年輕，還有大好的人生要去探索。可是她要探索的到底是什麼？到了都已經患重病的的年紀，還是沒有搞懂。

夜裡，每當媽媽不明所以地痛起來，她會覺得有長滿細腳的蟲子在血管裡面爬行，可能是蟑螂吧，唰地一下子爬過去，痛就跟著過去。好奇怪，血管這麼細，它們怎麼爬得過去？媽媽躺在黑暗中的床上想像這些景象，試著將身體的轉變具象化，試著想要理解。

而爸爸躺在她的身邊正熟睡著，媽媽除了忍不住大口的呼吸外，生怕吵醒爸爸。

媽媽聽從許多人的建議，只吃極健康、簡單的食物，配合規律的作息，生活得一如禁慾的宗教信徒，等待換取贖罪的機會。因為如此，媽媽不敢太快樂，好像她的快樂會導致病情擴散。只要她想品嚐美食或是喝一點小酒，甚至稍微晚一點上床睡覺，家人就會說，「妳是病人，怎麼可以這樣！」、「妳為什麼要讓別人擔心？」假使家人想要大快朵頤一番時，也會想到，「媽媽不能吃這些。」媽媽覺得自己給大家掃興。病人的生活成了大家關注的焦點，成為每次回診時醫生審查的重點，甚至造成與家人間的衝突。即使在她的治療告一段落後，家中環繞的這股氣氛還是沒有消散。到底是她造成了疾病，還是疾病改變了她，媽媽始終想不透。後來媽媽發現，這比疾病本身更可怕。

於是媽媽只敢偷偷地快樂，尤其是跟狗在一起的時候。

狗是家中唯一不會時時刻刻提醒媽媽她是個病人的一分子。狗不認為擁有健康的身體是必須的，狗也不在意媽媽是否生病。

「說不定我也生病了，說不定每個人都在生病。」狗說，「沒有生病的人反而比較奇怪吧！」

「可是我可能會提早死掉。」媽媽略帶憂傷。

「妳已經活得比我久了，是我生命的好幾倍，就算提早死掉又有什麼關係？生命這種事情是沒辦法用長短來計較的。」

「萬一我死掉了，誰來照顧你？」

狗看著媽媽，「我很高興可以成為妳的狗，媽媽。這是不管怎樣都不會改變的。」

有一年，媽媽不顧家人的反對報名了汽車駕訓班。以她的年齡來說，根本不需要去學開車。既沒有什麼地方想去，也沒有人需要她接送，她甚至不會擁有一臺屬於自己的車。駕訓班同期的學員幾乎是剛畢業的年輕人，連教練都忍不住調侃媽媽。媽媽的反應又偏偏不如年輕人。考上駕照後，為了不讓爸爸笑她沒上過路，媽媽趁著晚上車輛較少的時候，開爸爸的車出去練習。跟狗。

一路上，他們把車窗都搖下來，狗坐在駕駛座旁邊，把頭攀在窗框上，舌頭伸得好長。風猛烈地灌進車內，媽媽的頭髮被吹得亂七八糟。廣播電臺裡播送輕柔的音樂，沿途的路燈，五顏六色的招牌，都富有醉人的情調。媽媽和狗盡情地聊天，隨意亂唱歌，像剛畢業的年輕人一樣，在燈光排列成的星際中航行。不過狗畢竟不習慣坐車。

「媽媽，我要吐了。」

「我唱歌有這麼難聽嗎？」媽媽縱情笑著。

「不是，我真的要吐了，好難受。」

「你該不會是暈車了吧？」

「大概……」嘩啦一聲，狗吐在前座上。

媽媽把車開到遠一點二十四小時營業的加油站，那裡有一間附設洗車中心。洗車的人皺著眉頭把前座上的嘔吐物清乾淨，接著把車子裡裡外外都打掃乾淨，噴了味道很刺鼻的芳香劑，玻璃擦得亮晶晶。

「真抱歉，媽媽。」

「一點也沒有關係，我覺得很有意思。」

「把車子吐得亂糟糟的也很有意思嗎？」

「是的。」

「那開車逃到很遠的地方呢？」狗瞇起眼睛。

「好像也不賴。」

「媽媽想逃到哪裡去？」

「不知道，你覺得呢？」

「那要看媽媽想要逃離的是什麼？」

要知道想逃離的是什麼，就得先知道害怕的是什麼，這些媽媽都不太確定。車裡充斥著合成的薰衣草香味，但其實一點也不香。假的氣味，聞久了就讓人頭暈。

我還年輕，還有大好的人生要去探索，手術完之後媽媽這樣告訴自己。我要去探索，不是逃離。媽媽想要前進，而不是轉身離開：用雙手撥開眼前的荊棘叢林，穩穩握住船槳划行，抓住垂在眼前的繩索，撐起頭頂的天空，撫摸粗獷的土地直到雙手發痛……。

那天回到家時已經很晚了，隔天被爸爸責備了一頓。

3

「媽媽，妳老了。」

「是啊，我越來越老了。」

狗沉默了一會兒，「妳是真的老了，還是想要變老？」

「我生病了，所以看起來很老。」

「沒有人會在看到妳第一眼時知道妳是病人，除非妳想讓別人知道。」

「我怎麼可能想讓別人知道自己的乳房被切掉一大塊？」

「因為妳希望別人同情妳。動物就算腳被截去了一隻，還是會快樂地玩耍，從來沒有想過要自怨自艾。」

以前她還會試著讓自己沉湎於小樂趣中，例如買一些花俏的裝飾品，訂做有蕾絲花邊的織品，對著搖曳的燭火幻想，心血來潮時，布置餐桌給家人驚喜。隨著兒子跟女兒長大成人，媽媽能為他們做的似乎越來越少。現在這一切對她來說全都索然了。物品只是商品，樂趣不過是不斷消費的替換說法，看待世事的系統在物換星移中漸漸轉換了頻道。她覺得自己是真的老了。而唯一能喚醒她的狗，此時依然沉默。

或許不是狗發生了什麼事，而是她發生什麼事？不是狗不能說話，而是她沒辦法再聽到狗說話？那麼，她該如何回到原來的狀態呢？媽媽彷彿在坍塌的地道裡，拚命要挖掘其他的出口。如果能有其他的出口就好了，媽媽想。

媽媽更常去運動。

健身中心的外觀是一棟三層樓建築物，在距離自助餐店只有兩個街口的大馬路上。整棟建築物的外觀是落地透明玻璃窗，讓經過的路人可以一目瞭然裡面正在健身的人們。入館後，一樓是接待與休息大廳，在櫃檯旁邊闢了一塊區域作為商品部販賣各種健身用品及裝束。二樓有兩間鋪了木質地板的教室，全時段授課，分別是舒緩的瑜伽與富動態感的有氧課程。三樓鋪了地毯，挑高的空間擺了成排訓練心肺耐力的器材。靠近落地窗旁是跑步機，可以一邊跑步一邊眺望市景，眼前是馬路上川流不息的車陣，對面大樓則是正在補習班裡為升學奮戰的學生。地下室有私人教練區和男女分開的更衣室。

在這個坪數頗大的更衣室裡，由許多置物櫃分列成幾條走道。走道的四周都是化妝檯和鏡子，供女人們好好保養、打扮，無論走到哪裡都可以看見自己的身影從鏡中望著自己，讓人無所遁逃。淋浴間的盡頭還有一間蒸氣房，坐在裡面被氤氳的高溫蒸氣包圍，天花板不時有凝結的水珠斗大滴落，形成一股修鍊的氣氛。

這裡全天候開放，直到深夜才閉館，像城市一隅的燈塔，引領眾多疲倦困頓的身心走進來。因此不論是早起的銀髮族，或是日夜顛倒的夜貓族，都可以輪替來這裡鬆弛一下筋骨。入夜時，裝飾在建築物外面的廣告燈箱會將健身中心打得通亮，扮上炫麗的色彩，充滿未來感。全館不斷放送重低音、快節奏的電子音樂，催促跑步機上的腳步不可鬆懈下來。唯有大量揮發汗水才能散盡一天的壓力，疏通苦悶的血管。如果想要跑得夠久，又怕枯燥，就抬頭看看掛在牆上的電視機，有許多節目供選擇。大家不斷地跑，想像一片願景正在眼前，而人生就是努力維持的過程，維持體力、健康、還有林林總總社會化的象徵。只是，人生不停持續下墜，所以大家更用力奔跑。

在健身中心裡，音量能夠比過喇叭全力播放的電子音樂，只有女性更衣室了。女性們走進這裡，脫下汗涔涔的衣物，還原身體本來的樣貌。堆積在腹部、臀部、手臂與大腿的脂肪塑造出女人軟綿綿的身體，像剛從硬殼裡爬出來的軟體動物。突出的乳房展現各種形狀、顏色、尺寸，和臉孔一樣獨一無二。

當那些年長的女人脫下衣服展露軀體時才會讓人驚覺，儘管老邁，但她們仍舊是貨真價實的女人。斑駁、皺摺、黯沉都只是在標示經歷過的路徑，然而她們終究是柔軟的，即使看來粗糙的表皮，都柔軟得彷彿輕易就可以剝下一層祕密。所以她們只得在那外面塗上厚厚的保養品，又用五顏六色的化妝品企圖偽裝，好深深藏住封印在身體裡的回憶。

在這裡有屁股下垂的女人、有聒噪的女人、有身材姣好的女人、有像男人的女人、有害羞緊張的女人……，也有看起來像是隨時都在思考的女人。她們是難以捉摸的。每一個「她」都可以化成多個「她們」，「她們」又可以指向一種變化多端的集合。

媽媽或許是屬於沉默的女人吧。

她的話不多，但常靜靜地聽其他人喋喋不休話家常，數落一些雞毛蒜皮的事。

媽媽來健身中心多半是為了上瑜伽課，她覺得每一堂課都像一趟起落有致的旅程。先從基本的呼吸調節，漸次打開身體的每個面向，接著是更深層的按摩與擴張，在自我的極限中遊走時，心靈更加專注。教室的四周燃著香氛精油，音樂也十分和緩。課程結束前，在瑜伽老師的指導中放下身體的重量回到地板上，降落在更貼近自己的放鬆裡，閉上雙眼，燈光片刻的熄滅。

好幾次，媽媽覺得自己真的得到了寧靜。空空的掌心感受空氣，感受無，也感受擁有。

在這一刻大休息時，媽媽會偷偷睜開眼睛，看見黑暗中的教室只剩下牆壁上按鈕的燈光，在周圍鏡子映照下變成無數星光點點，所有人深沉地呼吸，放空思緒。媽媽重新閉上眼睛，滿足地微笑。

但是今天，媽媽閉著眼睛大休息時，隱約感覺被接近，直覺告訴她是另一個人。

這個人小心翼翼靠近媽媽，輕微的鼻息不慌不忙地吐納。

突然，他親了媽媽一下。

媽媽感覺到溫厚的嘴脣旁有粗粗的鬍渣。

雖然只有一瞬間，媽媽左側的臉頰還是清楚地感覺到乾乾的觸感。媽媽緊張得不敢睜開眼睛，也不敢移動身體，只是默默等到瑜伽老師發出指令，要大家睜開眼睛、回到坐姿時，她才打量一下同在教室上課的人。教室裡女性佔多數，上班族或是家庭主婦，幾個稍微年輕點的女孩，剩下在角落的兩個年輕男性很明顯是一對伴侶，另外一位中年男子的位置則離媽媽很遠，不可能在這麼安靜的教室裡走到媽媽身邊又沒有被瑜伽老師察覺。而且，媽媽和教室裡其他女人比起來，並不是長相特別出眾，為什麼偏偏挑上她？

儘管心裡有許多疑惑，沐浴時，媽媽還是一再回想剛剛那個突如其來的吻，媽媽想到自己已經好久沒被親吻了。

以前她常常抱著狗猛親，狗也會舔她，他們如此親密，可是那不算吻，更不是那種情感的吻。媽媽為自己這樣的念頭些許自責，多年的婚姻養成她習慣性的安分。況且自從狗不說話後，媽媽越來越不相信自己的直覺。而且，說不定那個吻也是自己想像出來的。

4

更衣室裡幾乎半裸的女人們在淋浴間門口列隊等著洗澡，每個人手上拎著從家裡帶來的沐浴用品，隨意地聊天。

每天傍晚，健身中心就會湧入大批剛下班的人來運動，一直到晚上十點之後人潮才會減少。

媽媽站在鏡子前面吹頭髮，身旁有兩個也上了年紀的太太在討論剛才上課的情形。

「不過重點是老師長得真帥。」稍微矮一點的太太說。她的同伴是一位鬈髮的太太，正在抹身體乳液。她們的皮膚已經略顯鬆弛，還有一些斑點，但這絲毫不影響她們的興致，保養品也搽得不比年輕女孩少。

「是啊，老師真的又年輕又帥。」

「我們動作雖然一直練不好，但至少老師很賞心悅目……」倆人拚命點頭，掩嘴笑著。

媽媽無心聽她們聊天，雙眼只是呆呆地看著鏡中的身影，思緒卻深深陷在剛剛發生的事情中。

這一次，神祕的吻，依然發生在做完瑜伽練習後的大休息。

媽媽躺在教室後方接近牆邊的位置，在她前面是一位大學女生，左邊是一位上班族女子，除此之外就沒有別人，其他人要走到媽媽身邊都必須跨過媽媽旁邊的另外兩個人。

今天的瑜伽練習結束在倒立三角式，身體利用手肘與上背部形成有力的支撐，將下背部之後的身體高高擎起與地板垂直，感覺血液慢慢回流到心臟，解除下半身的壓力。燈光熄滅後，膝蓋逐漸彎曲，將脊椎一節一節放回到地板上，最後伸直雙腳，感受運動後身體的餘溫正溫暖著自己。全身的重量，有形的或無形的，通通下沉到地板裡，剩下完全的信任。媽媽的手臂碰到冰涼的地面，心臟還在用力地跳動著，教室上方盤旋著空調運轉的呼呼聲，好像身處在一座悠久的山洞裡靜靜沉睡著，時間止息了所有的煩惱。代表生命延續的昆蟲在黑暗中爬行，可是泥土不會洩漏牠們的行蹤，只有青苔盤據出來的圖騰觸動一些祕密並且悄悄蔓延到媽媽身邊，變成越來越溫暖的氣息貼近媽媽的臉頰，在媽媽的額頭上吻了一下。

又來了，和上次一模一樣，一個男人嘴脣的觸感。但媽媽還是不敢睜開眼睛，她的恐懼從現實中的想像擴散到現實之外，理智勸阻她做更多的猜想。

下課後，媽媽問了右邊的上班族女子是否感覺到有人起來走動，得到的答案是否定的。走出教室時，運動完的身體已經冷卻下來，額頭上的汗水涼涼的，媽媽不自禁打了一個哆嗦，但是剛剛被吻過的感覺卻甩也甩不掉。

媽媽站在淋浴間裡仰起頭來，迎向蓮蓬頭噴灑下來的水花。熱水順著脖子、肩膀，一路往下流，讓媽媽成為水的一部分。

腦海裡反覆播放被吻的那一刻，藉著水的衝擊，媽媽彷彿被反覆吻了好幾次，一幕疊著一幕，男人的嘴唇漸漸浮現。說不上來喜歡或不喜歡，但心裡的疑惑就和被吻的印記一樣清晰。大量的熱水從皮膚滑落，經過媽媽完整的乳房和不完整的乳房，水流進排水道裡，隱沒在牆壁底端。

稍微矮一點的太太和鬈髮的太太從瑜伽老師討論到電視明星，倆人津津有味地評比每個人的外型。媽媽的頭髮只吹了半乾就放下吹風機回到置物櫃前，整理換下來的衣物。

「妳的皮膚好白啊！」一個女人的聲音突然冒出來，帶著羨慕的口吻。坐在置物櫃旁邊的女人，只裹了一條浴巾。

她的脖子與鎖骨交會處有一顆彎豆大小的血紅珠粒，乍看之下像是外露的肉瘤，再仔細看才看到穿過那顆玉石的金鍊子。

戴肉瘤項鍊的女人肥胖的雙臂垂放在身體兩側，微笑看著媽媽，因為稍微滿溢的嫩肉讓她看起來頗和善。

「妳好像常來這裡。沒有約朋友一起來嗎？」戴肉瘤項鍊的女人說。

「我自己來的。」媽媽繼續整理自己的東西。

戴肉瘤項鍊的女人挪動她的屁股，坐在靠媽媽更近的位置。「妳平常都上瑜伽課對吧？我去上課時都會看到妳。好專心喔！」

「做瑜伽習慣了，其他運動太激烈不適合我。」

「我幾乎天天都來，這裡人多才熱鬧嘛。我先生上班都到很晚，小孩也在外面念書。一個人在家好像在守寡。」女人說完，一面拍大腿一面呵呵笑。

女人硬是跟媽媽攀談了好久。媽媽的頭髮已經乾了。

「健身中心放的音樂都好吵，這是給年輕人聽的，像我們這種年紀的人不適合。妳喜歡聽音樂嗎？」

「偶爾會聽。」媽媽隨口回答。其實她很少主動挑選什麼音樂來聽。

「像這種電子音樂會把能量消耗掉，但是我們人的能量是要靠原生能量累積出來的，你把能量通通都丟出來就什麼都沒有啦。欸，妳知道治療音樂嗎？這是經過腦波測試，針對不同情緒給你能量。我心情不好時只要一聽那個馬上就會好起來。欸，真的有能量喔，我下次帶來給妳。」

「不用啦，太麻煩妳了。」

「不會麻煩，大家有緣在這裡認識嘛……」女人的肉瘤項鍊色澤奪目，比女人的表情更生動。媽媽不自禁撇開目光。

回家時，自助餐店已經打烊，食物檯上空蕩蕩的，椅子全搬起來倒扣在桌子上，桌旁還倚了一支拖把。自助餐老闆坐在其中一張桌子前，以一種無所謂的神情抬頭看電視，嘴邊叼著一根菸，整間店只剩下他頭頂那盞日光燈還亮著。他看起來很滿足於這個世界。

有時候媽媽會在下午四點半左右到自助餐店，包幾樣菜回家當晚餐的一部分。這時自助餐店通常在趕製附近辦公室或補習班的晚餐便當，一盤盤菜肴熱騰騰從廚房裡端出來，飯也是剛煮好正冒著熱氣。店裡的人忙著打飯裝菜，還要不時接聽電話記下追加的訂單。自助餐老闆負責騎車去外送，來來回回至少七、八趟，一次送好幾個地點，食物檯上的空盤子又添了幾回新菜。工作時，自助餐老闆習慣吹口哨，大聲跟店裡那些歐巴桑開玩笑。

有一天距離晚餐還有一段時間，提早送完便當的自助餐老闆坐在櫃檯喘口氣，用手捏了一支剛炸好的雞腿吃。

「你吃這麼快，小心吃到手指頭！」店裡的歐巴桑剛端了一鍋新煮的飯出來，雙手拿著飯勺上下翻勻。

「吃到沒關係，反正我多一根手指頭。」自助餐老闆揮揮手上的雞腿。只見右手大拇指第一節外側多了一截指頭，和大拇指形狀幾乎一樣，指甲稍微短一點，但不影響工作。平常戴著手套時，媽媽從來沒察覺過。

「嚇死人了！趕快收起來，免得客人看到吃不下飯。」歐巴桑已經將食物檯上的盤子全都重新添好新菜，等著稍晚湧入的客人。

「這才不算什麼，更嚇人的是我這根手指頭是天線，可以接收很多訊號喔。」

歐巴桑們笑成一團。

自助餐老闆又繼續說，「是真的，過去、現在、未來的訊號我都可以接收到，全靠這截指頭。」

「要我相信你說的，不如看電視。」

「不相信就算了，反正我又不可能報明牌給妳們發大財。倒是電視上說的有些可以信，有些不能信。」

又一個歐巴桑接口說，「現在新聞一天到晚說什麼小孩的玩具、洗衣精、餐具，一堆東西都會致癌。這個也致癌，那個也致癌，聽了就好怕，比你這個外星人還可怕。我看乾脆隨便活一活，死掉也比較輕鬆。」

「對啊，至少我不會害人，規規矩矩在做生意。以前的人都說手上多一根指頭代表福氣，還有人說這叫做龍爪。」

「那你不就靠這根指頭才有今天。」

「說不定喔。我小時候因為這樣也常常被同學笑，幸好那時候沒去醫院切掉。」

「那你這根天線哪天要是預知未來有什麼天災人禍，要記得告訴我們。」

「No，天機不可洩漏，說了也沒用，會發生的事情注定躲不掉。」

媽媽邊慢條斯理夾菜邊偷聽他們的對話。他們經常這樣聊天，每次自助餐老闆發表言論其他人都會笑，但他總是一副正經八百的模樣，讓人半信半疑。

或許是因為店裡的歐巴桑和老闆總是很有活力吧，媽媽常來這家自助餐店。這裡的人沒有假裝，雖然說假裝可能太殘酷了。大部分的工作都要假裝。有些人的工作必須時時保持微笑，販賣他們的活力，因為人們需要。就好像人們需要災難的發生，好使自己顯得有愛心、懂得付出與體貼。

但人們也需要別人不斷地提醒生命還是有一些奇妙的好事發生，就算它們微弱得像月光下的地面積水的反光。於是便有人的工作必須持續付出微笑。這些人很懂得如何運作臉部肌肉露出微笑，然後又瞬間回到面無表情。可是久了以後這種人的嘴角肌肉被硬生生刻出了兩道曲線，直到五官歪斜，再也無法復原，反而讓他們看起來比誰都愁苦。

自助餐店的歐巴桑們就算無法隨時保持開朗的笑容，但也不會過度掩飾心裡的憂愁，開心與難過皆自然流露。

媽媽想到狗還在家裡等她回去，便加快腳步。雖然狗不會說，但媽媽知道狗在等她，每次從外面回來，狗會飛也似的撲上來，拚命擺動尾巴，散發久別重逢的喜悅。

狗失蹤回來已經過了兩個月，牠也沉默了兩個月。

這陣子狗吃得比平常少，尾巴沒精神地垂著。白天媽媽在做家事時，牠只是坐在旁邊看著，如果是以前的話，好奇心旺盛的狗會搶著要聞聞看媽媽手上拿的每樣東西。現在媽媽喊牠時才站起來，沒一會兒又坐下。媽媽檢查狗的鼻頭，還是溼潤的，她只好摸摸狗，希望能讓牠舒服點。為了讓狗多吃點，媽媽還特地到寵物店買了生火腿肉讓狗開胃，狗似乎懂媽媽的意思，勉強多吃了幾口，但還是留了大半在碗裡。

狗回到牆邊側躺下來，媽媽輕輕捏牠的耳朵，溫暖的耳朵內側可以看見細細的血管。

幾年前，有一回狗出門散步時，踩到細的樹枝扎進牠的前腳裡，腳掌發炎並且腫脹。媽媽帶牠到醫院裡拔刺，狗痛得哇哇叫，前腳還被剃掉好多毛。那天醫生順便替狗做了一些基礎檢查，發現狗的心臟有異常。醫生的聽筒再次貼在狗的胸腔上聽了很久，告訴媽媽，狗的心臟瓣膜閉合不完全，所以每次跳動時會有些許雜音。媽媽聽了以後立刻紅了眼眶。

「媽媽妳不要緊張兮兮的，醫生不是說不會有大礙嗎，妳幹嘛還哭？」狗拚命舔著剛拔完刺的前腳。

「我還是會擔心你。」

「我會一直好好的，妳看我現在不就很健康嗎？」狗原地轉了幾圈，還往前撲在地上耍帥一下，「媽媽，要是我不舒服，一定會告訴妳。」

但這次狗真的沒法告訴媽媽了。狗吃得越來越少，有好幾次媽媽把食物放在掌心湊到狗的嘴邊，狗才小口小口吃著。

5

女兒難得在家吃飯，飯桌上還是電視聲多過人聲，筷子碰撞碗緣發出清脆的聲響顯得格外刺耳。女兒原本今晚下班回來換衣服要趕赴朋友的約會，不料對方臨時取消，爸爸便叫她在家吃飯，媽媽也趕緊多炒一樣菜。

兒子近來更少與家人同桌吃飯，行蹤神祕，有時聽見他房裡傳來聲音以為他在家，晚一點時又看他從外頭回來；有時房間靜悄悄的，敲門也沒人回應，打開門才曉得他在房裡。兒子到底在忙些什麼？學校成績如何？家中沒人知道。爸爸偶爾關切幾句必會招來父子間的爭吵。媽媽覺得兒子的行徑很古怪，大白天也經常在家，晚上倒是常出門，房間很亂又不許人家收拾，學校課業要怎麼維持下去真教人難以想像。當初兒子上大學，決定繼續住在家裡，爸爸還樂得這樣可以省一筆開銷又可以就近看管，免得兒子不敵花花世界的誘惑，誰知道住在家裡一樣看不到人影。

「我知道自己是沒多有出息，但以前也沒讓父母操心過，現在的小孩子怎麼這樣！唉……」

「你又知道自己以前沒讓阿公阿嬤操心過了，說不定他們也不敢講你。脾氣這麼差！」女兒反駁爸爸。

爸爸覷了女兒一眼，「我們辦公室新來的主管剛從國外念書回來，只會理論根本不懂實務，連最基本的辦公室倫理都不曉得，高學歷有屁用。我們這些老鳥都是苦幹實幹出來的。」

「我們辦公室那個主管以為自己有多厲害，還不就是年紀比我們大混得比我們久，自認為自己的方法最好，我們提的意見都是垃圾，結果每次都浪費好多時間。」女兒噘著嘴巴看著爸爸，頗有挑戰的意味。

「我們部門管都市建設的，不能一天到晚求新求創意而已，是要看長遠走百年之計的，拿著高學歷就對別人頤指氣使的或是拿放大鏡到處檢驗別人，他以為他是誰啊！」

「他是你的主管。」

「當個主管了不起啦，連尊重都不用啦！」

「你看你們這些老頭講的都是同一套，你們才是一天到晚在講理論講規矩的人，說穿了還不是既得利益者不想改變。廣告業就是靠年輕人的想法才能保持競爭力，客戶才不喜歡一成不變，我要服務的是客戶可不是吹毛求疵的主管。我吃飽了！」女兒放下碗筷便逕自回房。

爸爸再過一年多就可以退休了，在公家機關做了這麼久，薪水和職務都沒變過，眼看著比他年輕的人一個接一個踩過他的頭頂往上爬，心裡應該很不是滋味，但他也從來不會積極爭取升等的機會。不過在辦公室被其他人氣是一回事，在家裡被女兒氣又是一回事，難得一塊兒吃飯結果又搞得如此烏煙瘴氣。媽媽趕緊端出水果來給爸爸消消氣，一方面又覺得女兒說的話也不無道理。

「狗最近不太舒服，沒什麼精神。」媽媽想轉移話題來緩和氣氛。

「這狗怎麼這麼麻煩，一下子走丟一下子又生病的！」但爸爸還在氣頭上。

「醫生說沒事啦，只是牠還是吃得好少。」

「妳現在是不是還常對狗說話？就跟妳說不要這樣，這樣很奇怪嘛！狗又不會說話。」

媽媽沒說話，把碗筷收到廚房裡去，趕緊牽著狗出門。

秋初的夜晚，在白晝炙熱的對比下意外地涼爽，和屋裡的氣氛比起來更是親切得多。繁盛的燈光使柏油路像灑了一層解渴的霜，腳步也不自覺輕盈起來。

雖然狗身上的毛又到了換季時節，但白天還是持續太熱，對牠來說還是如同酷刑，說不準是這樣才食慾不振又無精打采的。

媽媽牽著在家裡悶了一天的狗藉口上超級市場買東西，實則出來透透氣。狗跟在媽媽的腳步後面，一步拖拉一步，間或還杵在原地不動，媽媽只好在一旁耐心等牠。許久，狗才又重新邁開碎碎的步子。

好不容易走到超級市場，狗已經累了。媽媽和牠坐在門口的臺階上休息，正巧青光眼剛買完東西出來。

青光眼是媽媽不久前認識的，到底是多久前已經想不起來。

媽媽起初是有些躲他的，但狗跟媽媽說，「媽媽，他不是壞人。」

「他看起來是不像壞人沒錯，但人心隔肚皮，還是小心點為妙。」

青光眼頭髮亂亂的夾有一些白髮，眼睛不大，笑的時候像條縫，年紀大約剛過四十中旬。

「我的直覺告訴我，有一天妳會需要他的。」狗說。

媽媽認識青光眼的那天也就是在這間超級市場門口。媽媽買了許多家用品走出來，站在臺階上的青光眼突然問媽媽是不是掉了身分證，媽媽直覺他是詐騙集團的人，立刻拉著狗走開。青光眼在後頭一直澄清自己不是騙人，急忙忙從口袋掏出一張身分證在手裡晃著。媽媽用餘光瞄了一眼，看還真有點像自己的身分證才停下來，心想光天化日之下要是這人使壞，至少也還有狗在。

身分證果真是媽媽的沒錯。

「我怎麼會沒發現呢？」媽媽疑惑地喃喃。

「妳之前來買東西時掉在門口，剛好被我撿到。」

媽媽抿著嘴不發一語。狗抬頭看這兩個人。

青光眼怕媽媽誤會，緊張地慌了手腳，「我的工作室在對面三樓的公寓裡，是做平面設計的，工作桌就在窗邊。每次沒有靈感時就會看著窗戶外面來來去去的人。會常來這裡買東西的都是附近居民，妳也是吧？」

媽媽點頭。

之後媽媽和狗經常來買東西時遇到青光眼。有時候看到媽媽手上提了大包小包的東西，青光眼會下樓來幫媽媽提回家。

熟了以後，青光眼也曾邀媽媽上去工作室看看。

工作室所在的公寓是建商開發出來專門提供給單身的人，公寓裡只有一個房間，客廳通向一個小陽臺，外加簡便的廚房和一套衛浴。一切都在便利與精緻之間。而工作室其實就是客廳，兩張桌子面對面沿牆邊擺著，左邊那張是青光眼的位置，右邊那張本來是工作室另一個夥伴的位置，但工作室承接的案子一直不多，那傢伙便離開了，去更大的公司。空出來的那張桌子用來畫手稿，完成後再用電腦進行修改，大部分都是廣告公司發包的案子。

不過青光眼最喜歡的是攝影。好幾次他拿起相機要替媽媽拍照，媽媽都拒絕了，「我這麼老了有什麼好拍，下次請你替我女兒拍，年輕人拍起來才上相。」

「我想拍真實的樣子，不論美醜。」媽媽還是不答應，青光眼只好拍狗。

青光眼告訴媽媽廣告就是在騙人，用各種方式放大優點同時也掩飾缺點。青光眼還說這是一個什麼都要用金錢交換的世界，結果大家的團體意識越來越薄弱，越來越害怕人情的負擔，不過用適當金錢做交換也是一種健康的循環。

「我有青光眼，是隔代遺傳。我外公也有……」認識沒多久後，青光眼告訴媽媽。

他指著自己的眼睛，「妳別看我眼睛小，這跟青光眼一樣是天生的，不是因為生病才變小。以前我以為大家看到的世界跟我一樣模糊，結果越來越看不清楚，有時候甚至會頭痛，只好去看醫生。如果連續熬夜好幾個晚上，眼壓會升高，眼睛也會跟著很痛，這時候就要點眼藥水。但目前只能戴眼鏡做矯正，盡量控制惡化的速度就是了，沒辦法徹底被治療。反正最後還是會看不見。」

「跟我的病一樣，只能控制，沒辦法變好。身體已經改變就是改變了。」

他們各自沉默想像著自己的疾病。狗躺在他們中間打盹。

「再多說一點……」媽媽說。

「治療青光眼的眼藥水會刺激眼睫毛增長，可惜我不是女人，否則一定可以換來一對媚眼吧！」

媽媽不可思議地張大眼睛。青光眼則笑得眼睛瞇成一道含水的縫。

「小時候第一次離開家裡的保護去上幼稚園，我比一般的小孩晚入學。班上的小朋友大多一起升上大班，但因為大家都住在附近，所以也不是完全不認識，只是幼稚園的上課方式、作息和家裡很不同，外婆一直很擔心我會不適應。有好幾次外婆偷偷跑來看我上課，她以為我不知道。剛好幼稚園教室下方有一排靠近地板的窗戶，我看到外婆的腳就知道她來了。有一次我趁老師不注意時，像蟲子一樣從地板的窗戶爬出去跑回家偷看外婆，外婆正在客廳講電話，看起來好漂亮。後來當然是被大人罵了一頓。我還記得上課第一天，老師問大家誰會寫國字，全班只有我很快地舉手，老師要我上去寫給大家看。我拿起粉筆寫了我唯一認得的字『看』，但我把『目』寫成『日』了，當時我想一隻眼睛只有一顆眼珠才對，可是老師說我寫錯，少了一筆，生病的眼睛才會那樣。全班都笑了，我也笑得很開心……。聽我說這些會不會很無聊？」

媽媽喜歡聽青光眼說這些，青光眼說到很投入時會揉眼睛，好像用他那雙眼睛可以看見過去的回憶。媽媽知道青光眼想要追求她，「我有家庭，你不怕我丈夫知道嗎？」

「但妳看起來很需要人陪。」

「那是我自己的問題。」媽媽覺得只要她不需要別人，應該就不會害怕或是孤單。

她和爸爸很久沒有一起去什麼地方或是好好坐下來聊天了。是因為她習慣跟狗說話所以忽略了爸爸，還是因為被爸爸忽略她只好習慣跟狗說話？她現在還是會跟狗說話，雖然狗無法回應她。

只是她也越來越常和青光眼說話。說一些無關緊要的事，對她來說是最重要的。不過她還是在心裡一直惦記著狗兩個月前離家的那段時間，到底發生了什麼事？

6

旅程中最難忘的，是那座矗立在廣場中央的方尖碑。

半個世紀前，這個陌生的國家曾發生激烈的爭戰，無數的人民在前方揮動的宗教旗幟催逼下踏上戰場，殘害自己的同胞。即使對方用同樣的語言哀求，不要殺我，街道上還是布滿一具具屍體。沒有人知道到底發生了什麼事，也不懂為什麼信仰會帶領他們拖著沾滿血跡的步伐前進。

從那些屍體裡流出來的血液最終匯聚在一起，只剩下這座灰黑色的方尖碑在烈日映照下更接近無言的白。

隔著馬路，在廣場對面是一間古老的清真寺，歷經無數次的戰爭，人民最終遁入此地尋求慰藉。這裡充滿寧靜，即使是吟唱的歌聲也因為無限的迴繞而達到止息。

和爸爸結婚前，媽媽展開了這趟生平第一次獨自旅行，媽媽預感這可能是她唯一一次單獨旅行的機會。

醫院的療程為此延後一段時間，醫生一直很不諒解，以為媽媽想要逃避治療。「只要即時治療，還是可以享有正常的人生。」醫生一再想要說服媽媽。

過去缺少冒險精神而總是躊躇不定，可是一接到醫院的診斷書，媽媽才警覺到往後將是不同的人生了，不如就立刻出發吧。

媽媽搭上飛機，航行萬里抵達遙遠的國家。一路上處處充滿香料芬芳與陌生的語言，劃分出一道安全的界線。媽媽在這裡自由自在地遊蕩。原來人是為了追求什麼都沒有的感覺而旅行。

令媽媽留下深刻印象的原因並不是方尖碑所背負的歷史意義。畢竟那些意義不論最初是以何種立場被冠上的，投射在現實中都只是一座僵硬的石塊，既不能飽腹也不能取暖，還不如圍繞在它四周汲汲營生的生命，隨時在演示著消亡與新生的平凡故事。

人是靠回憶滋養的動物。人類的智慧與歷史都是依賴回憶的累積所完成，因此人類生活最大的包袱也是回憶。過去發生的事總像一面鏡子，把最醜陋的自己忠實地映照出來，躲也躲不開，所以只好透過各種方式將記憶扭曲或者美化。

觀光客與方尖碑之間被欄杆隔出一段距離，紀念碑基座裡面積滿為數可觀的垃圾，儼然變成一座垃圾場。這或許更貼近方尖碑在人民心目中的地位。

媽媽坐在方尖碑旁的樹下吃著在小攤販買的夾餅，夾餅裡的魚肉灑上一點鹽巴後在火上拌炒，沒有留下太多海洋的氣息。

一個年約十二歲的當地男孩在酷暑中提著家裡的水桶，裡面裝滿冰礦泉水在廣場上兜售。天氣嚴格地考驗著人的耐力。賣水的男孩蹲在公共廁所前面的水龍頭，咕嚕咕嚕吞下大口免費的自來水解渴，飛濺的水花噴溼他的腳和拖鞋。賣水的男孩抹一抹嘴邊的水痕又繼續回到廣場上賣水。

好不容易一個高大的外國女士牽著小女兒走向賣水的男孩買了一瓶水。

不一會兒，外國女士和小女兒又折回來拿出剛剛那瓶水。

媽媽坐在樹下聽不見他們說話，只能從他們的動作猜測。外國女士指著瓶蓋又指了公共廁所前面的水龍頭，男孩焦急地搖頭，但外國女士堅決的樣子使得男孩只好從口袋裡掏出剛剛的硬幣放到她手裡。女士憤憤地離開。

男孩沒有浪費時間沮喪，又繼續四處兜售手裡那桶沉重的礦泉水，廣場上的人潮也越來越少。

媽媽吃完魚肉夾餅，起身將包裝紙袋丟到旁邊的垃圾桶時，看見賣水的男孩蹲在樹下休息。在他旁邊有另一個年齡相近的男孩腳邊放著一籃硬麵包，大概是同在這附近討生活而結識。賣水的男孩正在啃著硬麵包，賣麵包的男孩手裡拿著一罐礦泉水，他們用媽媽不懂的語言交談，神情愉快。

這兩個男孩大概會和這廣場上其他攤販一樣，依賴這座方尖碑所形成的觀光景點度過一生，等他們年紀再大些，會頂下一個小攤子賣魚肉夾餅跟汽水，老得不能動時就坐在廣場的邊緣賣鴿子飼料，等待孫子賣完一天的礦泉水牽他回家。

媽媽年輕的時候留一頭長髮。頭髮超過一定的長度後髮質並不好，髮尾全都是分叉，在陽光下看起來特別粗糙。

開始做化療時，頭髮在很短的時間內脫落。家裡到處都可以看到她掉落的頭髮，每一根都長長的，數量看起來又更多了。

媽媽不想讓家人察覺到她在接受治療的痛苦，從那時候起養成經常掃地的習慣，只要看到地上有頭髮，她便拿起掃把掃地。後來頭髮漸漸又長出來，短短的，加上她的面色蒼白，許多人還說她越來越年輕了。但媽媽還是常掃地，把地上掃得乾乾淨淨不留一根頭髮，不論是長是短。

停止治療後，媽媽又開始懷念起長髮的蓬鬆感，她想要再留一頭毛毛躁躁的長髮遮住她的臉，最好能將她的臉藏在頭髮後面就好像被秋天的葉子層層覆蓋住，躲在裡頭偷偷窺伺這個世界的動靜，不然就躲在裡頭好好睡上一覺。

狗不能說話後，媽媽更常作夢了。夢見旅行、青光眼、狗、健身房裡的女人們。夢見她的母親。

可是她在夢裡看不見母親的臉孔。

童年的媽媽在清晨醒來，屋子裡因為寒冷而顯得蒼白，屋外的景致則是朦朧。她望著趁夜收拾行李正準備離去的母親，手上提著沉甸甸的黑色皮箱，在冬天的景致中看起來像一抹影子。童年的媽媽站在門口無力地啜泣，希望能留下母親但仍徒勞。啜泣無法停止。她的胸口急促起伏將悲傷成形，眼淚一點一滴湧出來沾溼了枕巾。

天還沒亮，窗外的布景尚未安排好。如果這時候趕緊再入睡，夢大概也會在睡眠中被沖淡。但媽媽醒在一片清晰的黑暗裡，接住了意識中拋來的球就沒辦法放開了。這個無中生有的夢與真實記憶差異甚遠，也過分放大她對母親的依賴。其實媽媽這些年來很少想起母親。

她則獨自努力扮演「媽媽」這個角色。

兒子國一時，媽媽參加新生入學的親師座談會，和許多家長一起在悶熱的教室裡聽老師介紹學校。兒子身上穿著新制服坐在她旁邊。衣服的肩線垂到他的手臂，使他看起來像個未發育完全的孩子。媽媽和兒子不像其他的親子有管束與反抗之間的拉扯，只是規規矩矩地坐在一起擺出應該有的樣子，媽媽既不管束兒子，兒子也不反抗媽媽。對兒子和女兒來說，媽媽更像是年長的姊姊或是年輕的阿姨。

只是有時候，媽媽也會懷疑從未生育過的女人是否可以名正言順地被稱為母親？每次在外面遇到要填寫資料時，偶爾也會構成一些誤會：已婚，未生育，育有兩子。這個社會能理解的模式還是傾向簡單化居多。

「媽媽，我就是你的小孩。」狗安慰媽媽。

「我懂你的意思。謝謝你，狗。」

其實也沒什麼好斤斤計較的，終究是抱著一家人的心情在同一個屋簷下生活。

兒子的眉宇開始露出與爸爸神似的表情，他傴著背坐在電腦前面背對家人的模樣，也像極了爸爸。

有時候白天只有媽媽和兒子在家，他們會聽見彼此出入的聲息，但幾乎不會打上照面。媽媽可以感覺到兒子在房內等她離開才悄悄出沒。

孩子長大後，爸爸只關心兩件事：看新聞和抱怨工作。週末時鎮日盯著報紙或看新聞節目。爸爸讀遍世界各地大小事，就是不願意出去外面看看。這跟兒子老是沉溺網路世界發生的事情有什麼兩樣？

「我每天出門上班累死了，放假不想再看到更多人！」爸爸挑著眉毛看報紙，電視新聞也同時開著。「最近我們接手的案子我看問題不小，照這樣下去，再過不久就會被電視媒體咬著不放……」電視上正在播報一則工地意外的新聞。畫面上滿地泥濘，擋土牆已經倒塌被埋在底下，怪手也歪了一邊。被壓在下面的工人幾分鐘前被七手八腳挖出來正送往急救中。新聞主播唸著手上那份稿子，讀到質疑處還適切地斷句製造效果。

新聞主播的嘴巴似乎是歪的。

「你看到出錯的部分都只是一點點，等到發現的時候，其實背後都已經被偷挖了一個好大的窟窿。我們辦公室那個小伙子有本事當主任，沒本事帶手下，上面的人說話他又不敢不聽，我看到時候被頂出來背負責是跑不掉了……」爸爸語帶同情把電視轉到另外一臺。媽媽看不懂到底發生什麼事，爸爸也懶得多做解釋，光顧著自己批評。

看著爸爸叨唸，媽媽經常在想，我們總以為自己很了解家人，他們做什麼樣的工作、職位高低、賺多少薪水。但其實我們根本不了解。

大部分的人沒有太多機會到家人的工作場合去。他的辦公桌是什麼樣子？他的同事如何跟他相處？他在開會時是什麼樣子？在工作場合他總是被罵，還是總是在罵人？不順心的時候他習慣躲在哪裡抽菸？他常說的公司樓下轉角那間咖啡店的咖啡喝起來到底是什麼味道？

我們對家人的工作場所以及同事的了解，全部都來自於他的描述，是經由他篩選過的。所以人要偽裝成另外一個人，在工作場所是最好的機會。就連小孩在學校也是。孩子還小時，在學校被欺負會回家主動告訴父母，等他再大一些了解真實狀況後，越來越少孩子會告訴父母他在學校的實際情形，特別是當他真的被欺負得很慘，或者當他真的把別人整得很慘時。當然也有別的情形。但孩子是靠著累積祕密的過程製造他們的新世界，將大人摒除在外而長大的。

兒子念國中時，開始經常要求爸媽不要去學校，即使學校發來開會通知。後來他乾脆把通知單藏起來，就連那次也是。

國三那年，媽媽到學校參加升學說明座談會，兒子對此頗不甘願。聽完一連串高中學校的簡介後，媽媽到兒子教室時正好是下課時間。同學說兒子到操場上打籃球，其他幾個比較外向的同學圍在媽媽身邊，看來都是跟兒子要好的同學。還有一個個頭矮矮的男孩說兒子在班上很搞笑，其他人也跟著附和。

那一次媽媽沒等到上課時間兒子回來，就先走了。兒子在家裡向來話少，媽媽擔心他在學校會不會有適應困難，不過看到兒子在班上人緣不錯至少放心許多。

「聽說你在學校很風趣，很會說笑話。你在家怎麼不講點給我們聽？」那天吃晚餐時，爸爸問。兒子不作聲埋頭吃飯，最後幾口簡直是用吞的，就藉口要念書，趕緊回房了。

只要一家人能在一起，不管是什麼樣的地方，都是家。剛結婚時媽媽一心如此憧憬，終於可以擁有一個自己的家。而現在這份憧憬在她心裡已漸漸移轉。什麼時候開始家人間失去溝通？一開始只是兒女越來越少與他們互動，總覺得過了青春期就會好轉，但才一下子，兒女都已成年。一開始發現夫妻間話變少了，心想也許是爸爸工作太累了，休息一陣子就好了。結果家中聯繫溝通的線都一一失落了。但直到最後一條與狗的聯繫也斷掉時，媽媽才重新檢視毀壞的一切。

7

從醫院回來後，媽媽中午就近到自助餐店吃飯。過了用餐時間，上班族都回到辦公室繼續工作，店裡食物檯上的菜也所剩不多，冷冷地泛著油。

在醫院聞了一早上的藥味，又讓媽媽回想起住院治療那段時間身體的感覺。

那時候每天躺在床上把身體的感覺一點一滴描述給醫生聽，醫生點點頭好像記下來了又好像沒有，說了一些跟前幾天差不多的話，交代護士幾句就離開了。「其實醫生也是人，你以為他知道你生什麼病，其實他根本不知道，但他不能表現出來。」如果檢查結果出來沒有異狀，醫生也不能妄加猜測。後來媽媽便不再抓著醫生問東問西。

自助餐的牆上貼了幾張廣告單，以前因為客人多，所以不大有機會注意到。媽媽坐的餐桌旁邊貼了一張房屋仲介廣告。廣告單分成四個部分印了不同的售屋資訊，邊緣沾到一些油漬。

雖然房屋仲介用了巧妙的字眼描述屋況，但每一件案子還是有明顯的缺陷，不是採光不佳就是鄰近馬路噪音太大，也有一間屋內全部採用上個年代的裝潢，頗有味道。媽媽想到年輕時剛做第一份工作，搬了好幾次家，住過好多不同的地方，雖然都是臨時的簡居，但每次都懷抱著以後會越來越好的心態在努力工作。

廣告單上其中一則看起來頗適合隻身在外的上班族。媽媽抄下電話和地址。過了幾天打電話過去，是一個有口音的女人接的，她很快和媽媽約了當天下午看房子。

有口音的女人看來三十五歲上下，穿一身窄裙套裝、黑色低跟皮鞋，大皮包斜背在胸前。騎機車時因為被窄裙限制住了看起來有點重心不穩，說話時嘴巴歪歪的。

媽媽要看的那間屋子在商場後面一個轉角處，說起來是一塊近似梯形的畸零地，正好將馬路叉開成左右兩條。房子位於二樓，樓下是賣吃的，因此樓梯間堆滿味道很重的乾貨、免洗餐具。

有口音的女人一進屋子先把窗戶打開，旁邊商場的喧囂立即灌進室內。她站在窗邊說話，媽媽一句也沒聽懂。

看得出屋內很努力要布置得精緻討喜，但詭異的格局讓人不知所措。廚房小得像是只有一個洗手檯。房間裡的衣櫃佔據一半的空間，假使再放進一張床，連站的位置都沒了。而窗戶又出奇得多。

有口音的女人大概也料到媽媽的反應和其他人沒什麼兩樣，很快拿出一張簽單請媽媽簽名好回去向上級交代，便拿出大門鑰匙準備鎖門了。

「是妳自己要住的嗎？」下樓時女人問。

「嗯。」

「還沒結婚嗎？」

「已經結了。」

女人聽完後理解地笑了一下，「我前年從別的國家搬來這裡定居。以前在那邊學刺繡……」

「什麼？」車聲太吵，媽媽沒聽清楚又問了一次。

「刺繡藝術。」女人邊提高嗓門邊比手畫腳，「你們這裡都用機器做，沒辦法，我只好改賣房子。我還不太會。」

騎上機車離去前，有口音的女人還是義務性地給媽媽一份廣告單。媽媽拿回家放在餐桌上幾天，打掃家裡時便一起扔了。

對於僵滯的家庭氣氛、每隔一段時間就要擔心一次的身體檢查、失去可能性的未來……「我一直在忍耐，很用力地忍耐著。」一直以來，媽媽只知道用忍耐來面對一切，靜待時間流逝。

但是忍耐並沒有改變任何事。一個接著一個損壞的環節聚集成龐大的阻礙。

剛生病時，每當媽媽心情不好而陷入情緒的低潮中，唯一能讓她從那種混亂中脫困的反而是身體的病痛。痛到必須用全身的力量去抵抗，痛到很清楚地感覺到身體的存在這個無法跨越或是忽略的事實，然後累得睡著。

人努力追求精神生活，誤以為唯有精神世界才是崇高的，可是身體卻是我們唯一摸得到看得到，沒辦法選擇也沒辦法捨棄的。癌症沒有再復發後，媽媽深深體認到這些。

媽媽也知道抱著想要逃避的心態只會讓情況惡化下去，就算只是去看看房子幻想一下自由不拘的生活，都足以讓家中這些四散的船隻漂流得更遠。

爸爸從什麼時候開始不抽菸？女兒上次提到的案子談成功了嗎？兒子到底在忙些什麼？狗，為什麼生病？媽媽站在流理檯前就著敞開的冰箱內發出的弱小燈光，喝了半罐冰啤酒，最近她不管做什麼事家人已經都不會在旁邊嘮叨。

大家都越漂越遠，剩下她一個人。

家中的燈都熄了，只有兒子房裡的燈還亮著，但那也是從緊閉的門縫間看到的。

冰箱的涼意微微溢出，在沉悶的現實裡確實提供了一個短暫的遐想。啤酒瓶身的水珠在流理檯上留下一圈水漬。一隻探險的螞蟻在周圍碰碰運氣，不過流理臺的範圍實在太大，讓勇敢的螞蟻看來像是無意義地橫衝直撞，而且越是慌張地加速也只是消耗更多體力而已。

媽媽把喝不完的半罐啤酒直接倒進排水孔裡沖掉。

洗完澡後，帶著燠溼的身體爬上床在爸爸身旁躺下。爸爸已經睡著好一會兒了。

爸爸無意識地翻身面對床外繼續熟睡，像一艘被月光牽引的船隻漂向遠方。他們同蓋的一床棉被在彼此間被撐出好大的空隙。媽媽也翻身面對床的另一側。蓋在身上的棉被剩下不多，所幸天氣也熱。

8

秋天已過了一半。這天午後，媽媽在客廳昏昏沉沉地打盹，空氣黏膩，家裡除了狗之外沒有其他人在。門鈴突然響了。

狗機警地豎起尖尖的耳朵跑到門口。是青光眼。

「做稿子做得眼睛好疼，想看看妳。」

媽媽掩著門探頭出去，不想讓青光眼看進家裡。

「我們出去走走吧，反正狗也該多曬太陽。」媽媽說。

他們和狗，踱步到社區的小公園，狗已經熱得氣喘吁吁，媽媽站在樹下躲避毒辣的烈日。風也是窒人的。

「還是到我那兒吧。」青光眼提議。

到青光眼工作室時，大家都像經過了長途跋涉那樣累。青光眼替媽媽倒了一大杯水，也替狗裝了一碗。狗舔得水濺到地上。

青光眼給媽媽看他正在進行的案子。其中一件是賣房屋的廣告，就在附近。那些新蓋的房子晚上時外面都亮著華麗的小黃燈，但屋內黑漆漆的。新房子想盡辦法擴充室內，換來的是陽臺都很小，還有些根本沒有陽臺。

「小時候放假時，最愛躺在天臺上看漫畫，一邊偷吃鄰居正在晒的枸杞。其實沒什麼味道，就是嘴饞。」青光眼和媽媽半躺半坐在沙發上。

「你小時候吃了這麼多枸杞，為什麼現在眼睛還是不好？」媽媽問。

「說不定那時候沒吃現在早瞎了。」

媽媽不愛聽青光眼說瞎不瞎的。

「小孩子不怕熱也不怕蚊子咬。我常常看著看著就睡著，外婆在樓下怎麼喊都沒聽見，直到外婆上來找人。」青光眼知道媽媽喜歡聽他說小時候的事，他想到就會說給媽媽聽。「家裡做生意太忙了，爸媽沒時間照顧我，只好把我放在外婆家。我是外婆帶大的。我記得外婆有一件綠色的裙子，上面有一隻小小的鳥張著翅膀。那隻鳥雖然很小，可是牠飛過的地方都留下七彩的光點灑在裙擺上，看起來像綴滿寶石串珠。記憶中外婆永遠很漂亮，穿戴乾乾淨淨的，頭髮用小髮夾別得整整齊齊，從一早起床到晚上入睡前都是如此。後來我喜歡的女孩子都朝向這種類型。小巧、美麗。」

「你認為我也是？」

「我現在已經不相信這些了。外婆其實很堅強，雖然走路的步伐很小，但可以一口氣走得很遠。小時候和外婆出門幾乎都用走的，很少坐車。走累時外婆就讓我坐在路邊休息，但自己從來不坐下，直到回家她才坐下休息。外婆年輕時大部分的時間都自己帶著孩子，在陰暗的宅子裡等外公來。宅子的窗戶小小的，門也小小的。外公是地方上體面的仕紳，他真正的家庭在大街上的一棟洋樓裡。外婆對待小時候的我幾乎能隨時保持笑容，很少生氣，可能因為我是唯一一個和她住在宅子裡的孫子。外婆的孩子都各自成家離開她了……」

青光眼用手掌輕輕順過媽媽的頭髮，手滑到媽媽的肩頭傳遞善意的溫暖。

房間裡有成熟的果香。

窗外陽光很大卻被隔壁的大樓阻礙而無法完全照進室內，形成一個被現實隔絕的境域。他們越靠越近。媽媽和青光眼的呼吸因為竭力的抑制而變得更深緩，每一口都像要吐出胸中所有的鼓脹。為了配合狹小的室內空間，沙發不大，反而將兩人摟在更靠近的距離。

青光眼拿起桌上一顆熟透的橘子，大拇指狠狠掐進果皮裡。果皮被剝出一個缺口，立即散發出濃郁又刺鼻的香氣。青光眼吃了好幾瓣橘子，也遞給媽媽一瓣。橘子的觸感像極了飽滿的嘴唇，稍稍一用力，汁液就被擠壓出來沾溼指尖。媽媽想找紙巾接橘子籽，青光眼看見了伸出手掌湊到媽媽嘴邊。媽媽遲疑了一下，將橘子籽吐在他的掌心。

青光眼吻了媽媽，在沙發上。沙發扶手頂著媽媽的背，有點痛。

青光眼的吻和健身房那個神祕的吻很不一樣，比較像年輕的男孩所能給予的——強烈的試探多過渴望。

最後幾瓣橘子還盛在搖籃般的橘綠色果皮裡，靜置在桌上。

沒有太多的意外，媽媽隱約已預感到前去的路必將有此到達。

閉上眼睛時，媽媽覺得自己好像可以聽到很遠很遠的聲音：街上車子轟隆隆的聲音、超級市場收銀機哐噹作響、冰櫃下的馬達低沉運轉，再更遠一點，家裡頭洗衣機水聲嘩啦、兒子喀喀敲打電腦鍵盤、床邊的鬧鐘齒輪緊密咬合、沒有聲音的聲音……。

「還好嗎？」媽媽看來有些蒼白，青光眼擔心地問。

媽媽下意識點頭。她把垂散在額前的頭髮塞到耳後，重新調整呼吸，但是裙襬的皺摺怎麼樣也抹不平。

青光眼第一次注意到媽媽的穿著是一般保守的婦女裝扮，卻適切地襯托出女性深沉的魅力。袖口齊切到肩膀的棉質上衣，及膝的絲質裙子修飾脂肪沉積的小腹，花色是已經退流行的變形蟲圖案反覆排列。變形蟲花色頭尾相接朝同一個方向前進，以原生動物之姿展現整齊劃一的生命力，但周身繞了一圈又回到原來的位置。裙子由於長年的穿著習慣，被壓皺的地方已經扭曲。

「我該走了。」

媽媽站起來時，青光眼還牽著她的左手，抬頭望著她的眼神像孩子。媽媽被看得有些不好意思。狗也站起來伸了一個長長的懶腰，抖擻抖擻，好像剛剛睡了很舒服的一覺。

桌上的橘子乾了。

到門口時，兩人不知該說什麼應付這般尷尬的處境。青光眼突然想起什麼似的從口袋掏出幾張鈔票塞到媽媽手裡。媽媽愣住。青光眼覺得應該說點什麼，但最後還是作罷。

媽媽握著鈔票走下樓，狗領在前面搶先找棵樹撒尿。

那些錢加起來不算少，拿在手裡厚厚的又感覺就只是幾張紙，但媽媽還是緊緊握著，好似這是她唯一能做到的事，能證明自己的方式。

天色居然已經暗了，時間不知道被遺棄在哪裡。

9

媽媽越來越常觀察歪掉的嘴巴，簡直成了她認識別人的方式。

誰的嘴巴歪向哪邊，笑的時候歪的角度比較多還是說話時，眼睛和眉毛是不是也跟著一起歪斜？這一類的小細節媽媽都一一觀察著。歪斜的主人偏好維持完美，所以他們的臉孔靜止時常常如蠟像般生硬，歪斜是他們唯一露出破綻的時候。也因此，大部分的人習慣將視線往內收縮進個人意識裡，思恃著瑣事或煩惱或期待，眼前的風景只是轉瞬掠過的光影。

於是，走到哪裡都是一個人的感覺好累。

但如果一直讓這種念頭揮之不去也不是辦法，一定要克服才行。

可是克服的方法是什麼？或者過了一段時間，就不會意識到孤立的感覺？經歷這種處境久了以後，有些人會變得異常聒噪，張開嘴巴拚命排泄言不及義的話，在談笑風生中唱著寂寞的哀歌，也不管有沒有人在聽。一些人會變得異常沉默，和其他人聚在一起時不知道如何維持一段談話的生動，太容易就埋進自己的孤立中。人要在這之中保持平衡是很困難的。

「可以一起聊聊天、說說話的人越來越少。從前念書的同學一個個都失去聯絡。」媽媽說。

「我這輩子也沒跟什麼動物交流過，要算得上聊天的人也只有妳。人類常常覺得需要找人說話，難道不說話不行嗎，媽媽？」狗說。

「確實每次跟同學聚會，有時候會不知道要聊什麼，聊來聊去都是同樣的話題在打轉。」

有時候巧遇認識的人，那張臉孔竟陌生得難以辨識。

不知道爸爸每天搭車上班時在想什麼，是否也板著一張臉，令別人的早餐隨之苦澀？

幾年前，媽媽在路上遇到念書時的男友手挽著他的妻子，看起來如此平凡。雖然念書的時候，男友就表現得很普通，但媽媽從沒料到在年華遠去時會再相遇，而他依然平凡得像是人生從沒有任何驕傲之處，甚至連小風小浪的挫折都不屑光顧他的一生。

心裡一直惦念某人的感覺好累，時時刻刻壓著一塊石頭，坐也不是站也不是，躺著又更窒人呼吸，每口氣都是為了頂著下一口氣而使力延續。念書時愛著這個男友就是這種感覺。好像盛夏午後雷陣雨般的暴烈，只能悶著頭忍耐一切的狂暴與粗魯密密麻麻地攻擊追打。

他們不是同一個科系的學生卻上同一堂課，兩人都從外地來的，心裡同樣缺乏一份踏實的認可。認識後很快成為情侶，這之間沒有任何阻礙，但是仍然經常爭吵。

那時候覺得白天好短夜晚好長，記憶裡全是晚上的樣子，連吵架也挑在晚上，似乎夜間的情感生發得特別濃郁。年輕時候的愛讓人累壞了好一陣子，那一陣子緊接著的是平淡。

不吵架的時候兩人膩在一起很要好，但共同構築未來時媽媽確實更積極些，男友則是溫溫吞吞的一點也不擔心。

大概是年輕的時候都比較不懂如何選擇，光是用物質的方式標籤愛情的價值，以華而不實的標準要求對方，當然也就不這麼容易達到，而且既不願意妥協也不願意放棄。

或許那時候比現在更接近所謂的永遠，也比較有企圖心。

媽媽對男友的許多印象已經不復記憶，但唯獨對男友的祖父記得特別深刻。

男友有幾次不知道要去哪裡約會，就帶媽媽回家。男友的祖父長年臥病在床，難得起來走動。媽媽已經記不得那位插管的老人到底生什麼病。屋子是祖父創業時代就住下來的，格局不大隔間也少，為了方便照顧祖父的起居，病床和複雜的醫療器具乾脆就擺在客廳。男友的家人坐在客廳看電視還可以順便和祖父聊天，趁廣告時間替祖父抽痰、拍背，說起來也沒什麼不好，只是這樣一來需要旁人服侍三餐、換洗的祖父更加沒有隱私。延著透明塑膠管垂掛的尿袋就在飯菜不遠處，絲毫也沒有人在意。

不管祖父是不是醒著，每次一回家，男友會先坐到床邊對祖父說話。祖父的眼角有很多黏稠的分泌物不容易睜開，讓他看起來總是很疲倦，又因為身體裡插著管子而沒辦法說話，只能握著男友的手表示聽見。

吃飯的時候，祖父坐在旁邊看大家吃。男友的伯父說起祖父年輕時候是如何養一大家子苦過來的。媽媽那時候還很年輕，很多事情不知應該怎麼應對，總是只夾眼前那道菜吃，一頓飯下來幾乎只吃了白飯。大家說什麼她就跟著笑，問她話就點點頭，跟男友的祖父一樣。雖然很不自在，但她以為本來就該如此。

有一個下午，客廳裡只有媽媽和男友的祖父。祖父手捧著一大本發黃的資料夾，裡頭逐年收藏祖父的證件和家族相片等。以前的人照相機會不多，有的話也都是跟家人合照居多。祖父一頁一頁細細看，翻到和祖母的結婚證書時，祖父指給媽媽看，一面咧嘴笑。笑聲出不來只有咻咻地空氣聲，乾乾的。那個時代的人一年到頭提心吊膽度日，面容總是愁苦愁苦的，一生中很少放膽開心幾回。但祖父在那個下午看來是真的開心，也許活到了底已經沒什麼好怕了，也許把擔憂掛在嘴邊是那個世代的習慣，又或者祖父一輩子不以操勞為苦，總之沒什麼人有資格替他計較。男友的祖父咻咻地笑著，老舊的壁櫥也發出咻咻地聲音附和。

男友的家人對他抱有很大的期待，都說他是家裡最會念書的。他們不知道男友在學校只是一個很普通的學生。媽媽也感覺到男友的家人心裡默默認為，憑男友的條件絕對可以交到更好的女朋友，但大學畢業前夕媽媽還是向男友提議結婚，男友很是意外並且拒絕了。媽媽花了幾天的時間弄明白橫在兩人之間的距離，但她那時還是不太相信世界上有這樣的差異存在。在她想來，終點應該是差不了太多的。

畢業典禮前幾天男友的祖父去世，他提前收拾行李回家奔喪，男友把大部分的東西都送人了，連道別都很匆忙。也沒想到和媽媽約之後何時再見。

畢業典禮當天沒有人哭，氣氛上每個人都像急著要趕去哪裡似的，留也留不住。

媽媽坐在會場中離門口很近的位置，那時候的夏天還會準時來臨，熱熱的風從操場上夾著泥土吹進來捲過媽媽的腳踝，一時之間她不知道接下來該怎麼辦，只覺得先不要再跟男友聯絡了，到此為止做一個完結。

那天下午搭車回家的路上下了好大的雨。媽媽看著車窗上的雨，心想，雨聲再大，最安靜的還是驚濤駭浪的水底。

分開後有好幾年，媽媽經常覺得在路上看到他的背影。其實這只說明了男友是多麼平凡無奇、沒有特色的一個人。可是有一段時間，媽媽還以為這是一種感情的印記。

前幾年再遇到男友的那次，兒子才剛高中畢業。看到平凡的男友牽著他平凡的妻，妻子個頭嬌小、鬈髮，兩人穿休閒服裝，男友頭髮有些灰白，嘴角稍稍歪斜。

很久沒跟爸爸挽手走在街上，出門時幾乎都是媽媽與狗。照一般而論，男友與妻算是令人稱羨的夫妻了。但媽媽一方面替他慶幸人生的順遂，更慶幸如今男友身邊挽著的人不是自己。媽媽心裡多少覺得當年自己想的或許也沒錯，這世界上沒有什麼真正的差異，反正最後結局都差不多。

三、五年一次的同學會，昔日的同學們雖然各奔前程，所經歷的人生歷程卻大同小異，成敗起落交迭有時。每個人都有各自想在人前展現的，也有想要掩飾的，眾人皆心知肚明不說破。

畢業後，從共同友人的談話間得知男友後來又交往了幾個女孩子，似乎偏好學音樂的女孩子，結婚的妻子就是教鋼琴的。那次在路上巧遇時只有匆匆一瞥，但媽媽猶記得妻的那雙手並不特別粗大，指尖又圓又扁，指甲也短短的。

巧遇時，媽媽和男友十分生疏地寒暄，基於禮貌交換了彼此的聯絡方式。

隔一週後，男友打來約媽媽私底下見面。

那次見面的目的是什麼媽媽倒忘了，說不定根本就沒有目的。他們都老了，嘴巴都歪了，就算知道目的也沒有意義。

媽媽只記得坐在她對面這個男人和幾十年前一樣，散發著不為了什麼而安安穩穩活在世上的特質，像一鍋隔夜的悶湯，等著餿了好拿去倒掉。

兩人年輕在一起的時候，男友不只一次對媽媽說，他從來不知道可以遇到一個能如此坦誠接納、緊密結合的另一人，他會感動地擁著媽媽一次又一次讚嘆，媽媽也就一次又一次無私地敞開自己。

分手後，媽媽決心不再讓自己落入這般盲目的境地，讓那些狡猾宛如毒蛇的人順著沾滿黏液的甬道深入她的世界，在她毫無防備之下進行搶奪與破壞。再也不會發生這種事了。

那次和男友短暫的見面在不了了之的談話中結束，同年底的同學會再聽人提起，男友竟然因為突發的腦溢血去世。沒人知道他們見過面，媽媽也沒提起。男友的死亡就和畢業時分手一樣，既突然又不傷感。

嫁給爸爸時，念書時的同學早已相繼結婚生子，媽媽在其中算是晚人家許多的。不過她一嫁人就立即升格成了兩個孩子的媽媽，這點進度倒是誰也追不上。婚後第一次去祭祖，媽媽頭一回向別人的父母磕頭。無緣見面的公婆的墓碑上刻著家族排行姓名，爸爸的名字旁邊已先被前妻的名字佔去。聽人家說到了陰間或是升天，只認第一個妻子，再娶的都沒名沒分的。這當然淨是不管用的舊傳統，可是聽人說三道四這些閒話還是不自在。

「狗真的可以看見鬼嗎？」媽媽問。

「妳相信有死後的世界嗎，媽媽？」狗反問。

「我不知道該不該信，所以才問你。人家都說狗有陰陽眼。」

「人家說的話妳如果都要聽，那真是替自己找罪受。」

「你說這句話的語氣倒是跟爸爸很像。」媽媽抗議道。

「我不知道狗是不是能看見鬼，但我知道狗很會分辨真假。」狗眨眨眼睛，趴下來打盹。

上個月初，青光眼不告而別近一個多禮拜。媽媽帶狗去他的工作室找過一回，沒等到，接著幾天就特別留意。

青光眼回來後，媽媽問他，青光眼只說去一個地方。

「坐船去的，想到一個沒有妳的地方，試試看想妳是什麼感覺。」

「結果呢？」青光眼斜倚在工作室的沙發上，媽媽靠在他的胸口。

「結果就回來啦。」青光眼用手指繞著媽媽的頭髮，「在那邊看到幾條狗跟牠很像，說不定牠也是從那裡來的。」青光眼和媽媽一同看向狗。「那邊的人說馬上要進入雨季，船有時候會因此停駛。」

他們漸漸習慣狗的無力。其實慢慢地走路，靜靜地趴著也沒什麼不好。

「好幾年前，」青光眼用力瞇眼睛，「那時候還沒有工作室，剛剛結束手邊的工作，一個人跑到森林去住在一戶樵夫家裡。是真正的森林喔，不是那種為了要拍好看照片找了稍微長幾棵樹的地方。下了飛機還要坐六個小時的車進入山區，廂型車裡除了我，還有一對老夫婦，這麼大年紀住在偏僻的深山裡想來就令人擔憂，但他們好像習慣了，包括對漫長又顛簸的路程也很習慣。那裡每棵樹都好高好大，沒經驗的人隨隨便便走進林子裡是一定出不來的。做記號啦、指南針啦，通通都沒用，況且還有熊。樵夫夫婦有三個兒子也全都是樵夫，最大的兒子年紀和我差不多。他們每次進到森林裡工作都會帶幾隻大狗幫忙戒備熊，別看他們工作起來一副得心應手的輕鬆模樣，其實有很多細節要注意的，不過這些都在豐富的經驗下掩蓋住了。樵夫家砍樹木不是為了賺錢，而是為了讓森林更健康。戰敗後的國家失去了一切，只剩下廣大的土地，要再重新做更多建設也不知道是為了什麼、追求什麼，乾脆就拿來種樹，讓人民能暫時忘卻戰爭帶來的痛苦。什麼都嘗試一點地種下很多樹後，過了五十年，居然長成一片茂密的森林，裡面住了很多動物。人們開始覺得這或許才是他們最珍貴的資產，所應該追求的。政府也派人有計畫地照育森林，把劣質或者會妨礙整體的樹砍掉，也因此有了樵夫家庭。為了照顧森林，他們像牧民一樣在森林裡四處遷徙。」

「樵夫一家人不砍樹的時候就全家一起玩音樂。」青光眼揉揉眼睛，想了一下才又慢慢說，「他們製造的音樂好像是被風先颳到很遠的邊境才幽幽緩緩地飄回來，出發和抵達之間的時差存蓄在他們淡淡的眼珠裡。跟樵夫一家人生活了一段時間再回到居住的城市，竟像浦島太郎從海底龍宮回到陸地，恍如隔世的感覺。住在無人森林的一家人感情很要好，十分珍惜彼此。如果感情不好，根本也無法在苛刻的環境裡生存下來。城市的功能太完整了，每個人對家人的依賴跟著減低，甚至以為是可以取代的。在那些地方，很久才能遇到一戶人家，但只要有人住的地方就一定有好幾隻狗。狗可以救你，這是不用說的。夏天的山上，白天天氣很好，到了下午天空會突然劈幾道雷，沒給人時間做反應，立即從被劈開的那道裂縫降下千頃萬頃的雨水，又冷又粗又長的雨水。樵夫們能在天氣變化來臨之前事先從風向、溼度預測到，及時找到避雨的地方。但也不是隨時都能找得到遮蔽的地方，有幾次只能任大雨從頭澆灌下來。樵夫的狗也跟我們一起……」

「自從有了狗以後，去哪裡都想帶狗去，想讓牠回到自然裡跑一跑。」媽媽打斷青光眼的話，「每次特地開車帶牠出門，牠一路上都站著，即使開在山路上把牠摔得東倒西歪，就是不肯坐下，連續幾個小時站著，然後又在外頭跑了一整天。回程時累得受不了，狗就把頭靠在我的膝蓋上打盹。那個時刻真的很開心，有一個屬於自然裡的生命能對自己交出全部的信任。那種信任不是靠任何利益交換得到，而是單純在每天的相處中累積而成。因此就算腳很瘦很麻我還是會撐著，讓狗能安心地休息一下。牠是一隻非常警戒的狗，不喜歡在外面喝水或吃東西，如果很渴，也只是稍微沾溼舌頭。非要等回到休息的地方才肯好好地吃喝。」

「動物有天生的警戒心，森林裡的鹿媽媽也是到了晚上才帶小孩出來吃種子和葉子。」青光眼用手做出一開一闔的動作模仿嚼食的樣子。

媽媽坐直身子，面向青光眼。「你去過好多地方，見過好多人，懂好多事。我羨慕你。我覺得自己好像困在這個城市裡出不去。」

「可是妳經歷過很多事，這是我去過再多地方也沒辦法見識到的。」

青光眼把溫柔的目光再次遞向遠方，「我在樵夫家完全被感動的，是他們的工作、食物、家人、音樂都緊緊和那片森林結合在一起。原來人只要踏實地做自己想做的事就好了，其他無法預防的事件是不可能動搖太多的。以前我太常替自己找藉口，動不動就辭掉工作說要休息，但其實只是用一種比較漂亮的說法在逃避，碰到山壁就換一條路，永遠都不可能越過那座山頭的。生活的表面看起來雖然很苦，但在眾多事件裡其實有好多細節沒辦法在當下被點出來，像是陽光、下雨、樹木、土地、動物、人跟人之間吃飯聊天。踏實地生活，踏實地去解決眼前的困難，這就是溫暖的救贖。事件反而不是生活的重點，微不足道的細節才是。」

他們一直說著。

10

每次沖完澡，戴肉瘤項鍊的女人光溜溜地站在置物櫃前面，身手俐落地打點全身上上下下，雙膝一屈，一個用力就把屁股塞進肉色的大內褲裡，再將上半身向前傾，好把胸前兩團肉球不偏不倚地裝進肉色的胸罩裡。腋下有皺摺的皮被扯來扯去擺出各種表情，就定位後都肅整成緊繃的橫肉。女人背上滿是豆大的汗珠和順著頭髮滴下來的水珠。她會順手撈起一旁的白色毛巾抹乾周身，才又坐下來喘口氣。令媽媽聯想到自助餐店的食物檯端出一盤白斬雞，肥滋滋的雞腿被盛在最上面。

戴肉瘤項鍊的女人特別喜愛有附加功能的商品，強化個人力量，內服外用她都深信不疑。例如加裝防身鳴笛的鑰匙圈、保護膝蓋的鞋子、可淨化水質的水壺，當然還有增加能量的音樂。就好比說她身上那件不怎麼樣的肉色內褲，據說是特殊材質織造的，具有保健功能。

「欸，女人的『那邊』是要保養的，」戴肉瘤項鍊的女人說的時候還刻意壓低音量，「不然老了以後會生病，生病很麻煩，麻煩的事情一多又更容易老。妳懂我的意思吧？」說完，女人尖聲咯咯笑。一笑起來，她的脖子就岔出粉嫩的血色，血液像是匯集到腥紅色的肉瘤項鍊，帶毒似的。

媽媽經常在健身房待到很晚，這樣可以避開人多的時段。戴肉瘤項鍊的女人幾乎天天在這裡，每次來都會遇上，遇上時多半沒穿衣服。

閉館前，清潔婦會把更衣室的置物櫃全都打開來，一方面檢查是否有會員不慎遺留物品，一方面讓悶了許久的狹小空間透透氣。

敞開的置物櫃像一個個納骨塔位，整齊編號，大小一致。脫去衣物後，到此眾生皆平等。就好比胸前那兩團軟肉，無論老少，都抵抗不了下垂之勢。

媽媽想到男友的祖父早在二十年前就買好墓地等待死亡。他提早替自己的死亡做打算不是因為生了什麼重病抑或悲觀的想法，相反的是趁著尚且健康有餘力為死亡做好準備。祖父有條不紊地規劃儀式細節、遺產分配，連費用都事先打點好。接著他才安心地過完他往後二十年的歲月。醫藥越發達，人感受到死亡的威脅越來越小，取而代之的是疾病的拖延。既不是完全健康的身體，在醫藥支持下又仍然得以延續，人花更多力氣在對抗疾病反而忘卻死亡。

媽媽是在生病後才意識到死亡是無所不在的。

從前的人慣與死亡為伍，祖先的墓地就在近旁，輪到自己的那天就往那裡倒下去。現在一提起死亡，還必須把尊嚴放在更前面。結果死亡又變得更遙不可及了。

媽媽記得剛生病時，在醫院候診室聽到人家說，常常把事情積壓在心裡想不開的人容易得癌症。乍聽見時真覺得委屈，好端端地生病已經夠倒楣了，搞了半天原來是自己害的。

正視死亡後，她在心裡替自己準備了一塊墓地，隨時躺在裡面活著，竟意外地比過去都更踏實，總算知道旅程的終點指向何處。這要比活得像個死人強多了。

白斬雞之後又上了幾道菜，自助餐老闆也外送完回來，倒了一大杯紅茶灌下肚。

狗還是一樣坐在門口等媽媽。

自助餐老闆一有空就喜歡和店裡的歐巴桑們瞎胡扯，每次的話題都不同，看到電視上講什麼他都有一套見解應對，但又不具有太過強烈的傾向，而是一些似是而非的觀點令人無法反駁，反而有種超然度外的姿態笑看一切。

不過自助餐老闆曾說到他從前是學演戲的，這倒叫人十分感到意外。「畢業後演了幾年的戲，跟女人在床上滾來滾去還是男扮女裝都試過了，存了一些錢就來開店。」

「那你幹嘛不開間有格調一點的店，自助餐也未免太普通了吧。」有人問他。

「越普通的東西才可以維持越久啊。況且我的自助餐也很高級，食材都是新鮮的，紅茶夠冰又不用錢！」

據說演員能把自己收放得像個橡皮人，做出各種奇形怪狀的動作與姿勢，揣摩不同的情緒與個性。

「我們在臺上演戲用絲巾把雙眼矇住，卻不直接把眼睛閉上，是為了讓觀眾看到正在『假裝看不見』。現實裡很多事情就是這樣，明明有更簡單的路徑，但為了旁人只好多繞一些遠路……」那時他對店裡的客人這樣說。不過沒有人相信他的話。大夥像在看綜藝節目，笑完了又轉到下一個節目。

或許是自己真的太過單純，媽媽總覺得自助餐老闆不像在騙人。事情的真假與合理性並沒有絕對的關聯。當大夥的焦點轉移到別處後，自助餐老闆依然神情認真地思考剛剛說的話，大概在和自己辯駁吧。

今天他又說起音樂家。

「老公賺的錢要是不夠養家，管他是什麼了不起的大音樂家都照罵不誤，歷史上是不會替這些可憐的老婆說話的。巴哈就是因為老婆又凶家裡孩子又多，每天不是吵架就是咿咿呀呀地練琴，吵都吵死了。他只好躲到教堂裡寫曲子圖個清淨，說穿了他就是個公務員，寫曲子像在蓋房子一樣算得準準的，一絲不苟。政府要是蓋房子都像他這樣照規矩來，我們老百姓的血汗錢才不會白白被糟蹋啊！」自助餐老闆搖頭晃腦哼著旋律，雙手在空中比劃，被店裡的歐巴桑吼著讓到一邊去。

用餐人潮陸續增加。自助餐老闆晃到門口蹲在狗旁邊抽菸。

狗舔著鼻子好像在說話。

媽媽結帳時，老闆一面從收銀機裡數零錢給媽媽，突然提到狗，「沒什麼精神好一陣子囉，飯也不太吃……」

媽媽伸手接過零錢時，不明所以地看著自助餐老闆。

老闆指指站在門口的狗，「有些線斷掉就再也接不回來，但不代表沒有其他的方式。這樣說好了，巴哈寫曲子時旋律的動機會在不同聲部間穿梭甚至變形，這是必經的過程，而且這樣才會有趣啊！」

媽媽搖搖頭表示不懂意思。

「那我也沒辦法，只是幫忙傳話而已。」老闆一個聳肩，又轉到後面去忙了。

回家的路上，媽媽腦海裡一直浮現剛才自助餐老闆哼的那段旋律。狗，像一條狗般東聞西尿。經過青光眼的工作室時看樓上燈還亮著，他大概又在趕圖。

「有時候我覺得你好像不需要跟我在一起。你不一定要有我。」那天他們聊了一下午。

「妳又來了。」青光眼沒有直接回答媽媽的話，反而這樣說。

「什麼叫做我又來了，我第一次這樣對你說。」媽媽替自己抱不平。

「但妳一定不是第一次這樣說。」

青光眼說對了。媽媽也對別人說過，對念書時的男友、對爸爸。這是她慣有的焦慮。要怎樣才能擺脫這種焦慮而不再覺得自己不重要？媽媽也很想知道。

天色和那天一樣暗了之後也沒有星星升起，月亮被遮蔽在厚厚的雲後。家人就快回來了，媽媽得趕快回家去。

11

蒸氣室裡水霧氤氳，媽媽的皮膚被蒸得赤紅發燙，額上分不清楚是汗珠還是水珠。濃密的高溫水氣讓人無法大口呼吸。戴肉瘤項鍊的女人不住地挪動屁股迫近媽媽，聲音卻又不斷地提高讓媽媽感覺更熱。「要參加組織一定要團員介紹才行，我們不接受來路不明的人。」

打從今天在更衣室裡遇到戴肉瘤項鍊的女人，她就像下定決心似地沒有說服媽媽絕不會善罷甘休，死命向媽媽介紹她參加的組織。媽媽一如往常有一搭沒一搭地聽，反正戴肉瘤項鍊的女人平常就很愛分享各種產品，彷彿她全部的生活都可以被商品化進行分類，而她的生活正是被各類商品填滿，所以她也用售貨員一樣的口吻推銷各種商品，並且一心一意相信那些東西的必要存在。

「還沒結婚最方便，可以直接搬進組織的地方住，跟大家生活在一起。已經結婚的話就比較難，不過這中間還要照等級區分，跟捐獻的多少有關。」

「妳說的捐獻就是繳會費，大家一起分攤聚會時的支出費用？」媽媽覺得自己都不搭腔也頗不禮貌，便隨口問問。

「不是不是，捐獻是在分享。我們要把組織當成一個大家庭。跟你捐出去的比起來，領袖會施福更多給你，他們是怎麼說的？喔對，拋磚引玉。像我就是因為老公不贊成我去參加組織，故意把錢扣得死死的，所以我沒辦法捐獻很多，被分配到參與的事務也就很少，當然我還是會有我自己的辦法。組織裡上層會員也教我一些方法改善我老公的負面能量……」

戴肉瘤項鍊的女人溼溼的乳房碰到媽媽的手臂，媽媽若無其事拉遠兩人的距離，又下意識手扶住包裹身體的浴巾。戴肉瘤項鍊的女人仍然滔滔不絕地說。

「像我身上這顆玉石我求了好久，連洗澡都不能拿下來，領袖看我有誠意才越級降施給我，不是有錢都可以拿到，不過也花了我不少錢就是了……」戴肉瘤項鍊的女人用手肘頂媽媽的手臂，在腿邊伸出手指頭示意，帶點得意歪嘴笑了一笑，「不便宜吧！雖然是我用偷存的私房錢捐獻的，但也是為我老公好。我這條項鍊不但可以提升自己的能量，也可以改變身邊的人。像我老公上個月談到一個大案子，前幾天又要飛大陸好久才能回來，還不都是我在偷偷幫他，他真傻都不知道。」

女人的腥紅色肉瘤墜子形狀略不規則，但大致呈橢圓，凹陷處色澤較濃，還有一些埋在深處的肌理紋路，即使在霧濛濛的蒸汽室裡依然醒目。媽媽不禁想到手術中，從她身上切除下來的肉團，血淋淋盛在手術盤裡。手術後好一段時間她都不敢上菜市場買肉。

有一個肥胖的女人全身塗滿肥皂泡沫走進來坐在媽媽對面。泡沫順著她隆起的肚圍、臀部流下來，在她大腿與屁股周圍聚集成泡沫圈。她又乾脆躺下來並且不住地翻身、扭動四肢，在椅子上流下更多泡沫。一簇一簇泡沫遇水逐漸瓦解潰散，最後坍成一點點的白。看著那個不停流下泡沫的女人咧開嘴巴呼吸，掀開嘴唇露出牙齒，誇張的呼氣聲使人覺得髒惡，媽媽突然起了反感。就連附著在胖女人腹部的白色泡沫都像在掩蓋某種不潔，甚至連慾望都掩藏殆盡。

媽媽沒有搭話，任由戴肉瘤項鍊的女人自顧自地說下去。「我現在一個禮拜只能去組織一天，遇到大日子，組織通知的話才可以多去幾天。怎麼樣，下次要去的時候我帶妳去吧！」

媽媽背靠在牆上，閉上眼睛出神，水珠從臉頰一路滑到脖子、胸口，滲進被浴巾裹得緊緊的身體。

「不用麻煩啦，我沒有太多時間……」

「才去一下子不會花多少時間，去認識一下嘛，那邊的人都很好喔。一次！一次就好！」

「我家裡最近事情比較多，真的先不用了。」

不等女人說下去，媽媽起身打算回淋浴間沖洗。一灘胖女人剛剛留下的泡沫橫在往門口的地上。媽媽踮著腳小心翼翼不要踏到那些逐漸稀釋的泡沫。

媽媽回到獨立的淋浴間，扯掉身上的浴巾後順手拉上浴簾，隨即打開水龍頭。還沒有預熱的洗澡水瞬間從頭頂澆灌下來。剛從高溫蒸氣室離開的身體不禁打了一個寒顫。媽媽像在嫌惡自己的反應似的用力揉著臉，水乘隙流進眼睛裡帶來刺痛，但就是無法沖淡留在身體裡的感覺。那像是惡作劇般的玩笑一次次嘲弄躺在黑暗中的媽媽。

一個吻的襲擊，打亂繞著軸心旋轉的規律，又帶走所有的線索消聲匿跡。

瑜伽教室裡的神祕之吻、男人鬍髭的粗糙感、若有似無的鼻息、在燈光亮起後只剩下與鏡中獨對的自己。一個接一個的反影在鏡中無限增生沒有止盡。

比起戴肉瘤項鍊的女人在一旁嘮叨什麼領袖、組織、能量，比祕密還祕密，比祕密更加真實的吻才是此時此刻佔據媽媽的意念，滿滿的，無邊無際。

媽媽把十指插進溼透的髮絲裡，指尖感覺到些許的油汗。就算每天洗頭，還是會積聚在髮根。人的身體就是這樣，不知不覺在積攢著髒汙，一點點，一點點拖垮整具身體，使它生病。

突然，媽媽感到一陣尿意。小便沿著大腿內側混著熱水流下來，流進排水孔。

真想知道是怎麼一回事。

熱水澆灌在溼淋淋的身上，媽媽的喉嚨乾乾的發不出一點聲音，向全世界傾吐的能力被取走了。同樣是無聲，但又和狗不同，狗的沉默像是由內而發，決定停止與外界溝通。

要是狗還能說話就好了。牠一定可以為這一切做出合理的解釋。

接踵而來的謎團就像堵住排水孔的毛髮，在媽媽的生活裡製造了一個小小的斷裂，毀壞了鞏固已久的堡壘。從那個缺口看出去，是一個陌生得令人害怕的異境，每件事情都因此稍稍偏離了軌道，發出齒輪銜接不順的聲音。

12

自從狗離奇失蹤將近兩週，返家後就變成一條普通的狗，連想說話的意思都沒有，媽媽與狗之間聯繫的那條線就此斷掉。而狗的精神狀況一天比一天差，食量也越來越少，到了醫院又檢查不出個結果，醫師只能診斷是老化的關係。

媽媽決定既然短時間內無法一一解開這些謎團，不如就回到最初的起點，或許可以找到一些蛛絲馬跡。

幾天後的週末，天還沒亮，媽媽開著爸爸的車子出門。原本想帶狗一塊兒，但直到這幾天為止狗都成天有氣無力，對出門興致不高，加上外頭正飄著從夜間延續到清晨的冷冷細雨，媽媽只好作罷。

車子開在初醒的路上，市景漸漸繁華。離開市區後，道路被倖存的山嶺包圍著，滴落在擋風玻璃上的雨點越發清晰與急促，沒有發出任何聲響便悄悄佔領整個局面。車子也在無聲中駛向郊區。

媽媽左手一邊握著方向盤一邊夾著一張用鉛筆畫的地圖，是她事先查好路線畫下來的。第一次獨自開車離開市區實在頗令人緊張。幸好接近目的地後路上有指示牌，所以最後還是順利到達。

這是一個僻靜的社區。

僻靜的原因除了遠離塵囂外，主要是因為許多歪倒傾斜的空屋與扭曲截斷的部分路面。斷裂之處是深深的黝黑，因為擠壓沒辦法嵌合的門窗袒露出屋裡空空洞洞的模樣。

八、九年前這個社區剛落成時，吸引了不少嚮往自然生活的人舉家遷來。由於位處山坡地，生活機能不便，日子也就過得簡單樸實，居民經常往山裡前去探索。

一段時間後，對這種山村生活開始生膩的人藉口工作或是家人紛紛退出。但真正讓多數居民一夕間走避的是五年前發生的一場地震。

那個禮拜，每天早上都是令人難以忍受的燠熱，下午則會下起暴雨，周而復始。但地震的那天，天空從早上開始就陰陰的像在積蓄喧騰的爆發力，直到中午過後，天空撐起的那張水幕卻始終沒有任何破洞，萬物都在等待著趕快來場暴雨之後就可以放鬆心情享受清爽的夜晚。結果地面就開始搖晃。躲在屋裡的人只聽到咿咿嘎嘎的怪聲音。因為實在是沒遇過，所以無從判斷到底是什麼東西發出的聲音，只是抱著頭躲起來。

直到大地停止搖動，居民才從屋裡害怕地走出來。許多房子和路面就在眨眼間被一巴掌打壞了。

講起來那次地震規模不算大，但毀壞卻很嚴重。事後檢討才發現，建案當初在規劃時沒有好好調查土質與地層，所以才導致了這場原本可以避免的災難。其實建商不可能全然不知情，應該是知而不報吧。總之一手送錢買通，一手就指揮怪手和砂石車開進來，從山坡挖下來的土也沒有先分類就一股腦倒進凹陷的地方，然後七手八腳蓋了一堆別墅。結果只不過是一個小小的地震就會讓不穩固的土壤往下滑，蓋在上面的房子只好像摔壞的蛋糕一樣裂開。

狗就是從這裡來的。在工地看門的狗媽媽生下狗，眼睛才剛剛睜開就被帶走。

狗媽媽不知道後來去了哪裡。

地震發生時恰好很多人外出上班、上學。房子雖然倒了，人卻都安然無事，這是不幸中的大幸。現在住在那些空房子裡的是數不清的野生花朵與蕨類，在陽光不容易照進的角落有蛙類昆蟲棲息。

再往社區裡面走，一些居民住在沒有受損或受損不嚴重的房子裡，依然維持原來的生活，也可能更好。因為假惺惺的人都被社區這張毀容的醜陋臉孔嚇跑，留下來的人只想安安靜靜度日。如果地震要來就讓它來吧，反正也沒有別處可去。

媽媽隨意找了一戶空屋的臺階坐下。清早上山回來的人經過時，大概以為媽媽是過去的居民，親切地微笑打招呼。

媽媽索性進屋裡看看。

荒廢已久的屋內還有幾件被棄置的傢俱，上面覆滿灰塵，好像傢俱都死了。地上殘留著幾本書、小孩子的學用品、廚房裡的鍋具、褪色的塑膠花等家用品。即便是被迫匆匆離去，也未免遺留太多物品，好像屋主隨時會回來入住。如果就因為這些這些東西可以很方便買到所以連帶都不帶走，結果變成環境的負擔，這才是災害後更難癒合的一道傷疤吧。

走廊上的蜘蛛網編織得如此盛大華麗，媽媽不忍心破壞這樣的心血，彎身從下方穿過去。突然聽見最裡面的房間有細微的聲響，媽媽立即止步屏住呼吸，窸窸窣窣的聲音也停下來。

媽媽緊張地盯著那扇門，猶豫著該繼續往前走還是折回去。這時一隻年輕的小黑狗從門縫裡溜出來，看了媽媽一眼就出去了。

媽媽鬆了一口氣，推開門。

房內靠牆擺了一張書桌，桌面和牆上都是卡通貼紙和彩色筆塗鴉，想必曾經是小孩的臥房。只見地上放了一盒便當，已經被黑狗吃得乾乾淨淨，剩下周圍的地上有一些碎骨頭和飯粒，還有一個很舊的金屬碗，裡頭盛著水。窗外是遠山。

媽媽小時候如果知道世界上有這麼美麗的房子，一定也會希望能住在這裡面。她想到母親房裡總是有一股從衣櫃裡散發出來的味道，但裡面除了衣服之外也沒別的了。喔，還有一隻大豬公撲滿。眼睛細細長長，臉皺在一起，渾身通紅的塑膠豬公撲滿。

母親經常叫她拿零錢投進去養豬公，還說這裡面的錢長大都是要給她的。小時候的媽媽會爬進衣櫃抱著豬公，那裡面對她來說就是最大的世界。

後來豬公越來越重，重到媽媽抱不動，母親還是拿零錢要她投進去，直到最後連錢幣都投不進去了。

除此之外，媽媽想不起來母親的樣子，母親曾說過的話，有什麼樣的小習慣，母親到底是什麼樣的人，她一點也沒辦法切確地描述出來。好像她無法確定自己的樣子。媽媽也想不起來豬公撲滿最後的下場，是不是還在衣櫃裡？

媽媽走出屋子，有三隻黑狗趴在門口的臺階上。一隻是剛剛那隻年輕的黑狗，另一隻是比較老的黑狗，還有一隻是很瘦的黑狗，牠們安然地看著前方，媽媽蹲下來和牠們一起坐在臺階上一起看著遠方發呆。

這些黑狗或許和狗一樣擁有解答的能力，也會在遇到什麼適合的人時開口說話。這種聯繫的建立只能靜待時機到來，而且也不是每次都能成功。媽媽默想著。

原本和她每天說話的狗現在卻保持沉默，有好幾次她以為狗終於恢復能力，結果狗只是張開嘴巴喘氣。在這段期間，她也懷疑過問題是出在自己身上，或許狗還是每天都在告訴自己些什麼，自己卻再也沒辦法接收了。結果她終於耐不住寂寞花越來越多時間與青光眼在一起，對青光眼投以更多依賴，最後連狗為什麼病了都不知道。

狗就這樣病著，加速地老去。

媽媽低頭不語。想到狗總有一天會死亡，而人即使得了癌症還是能藉助醫療活得比犬類還久。可是人的一生絕大多數的時候都癱軟地坐臥著，既跑不快也跳不高。

媽媽伸手摸比較老的黑狗。黑狗順從地接受媽媽的撫摸。

牠們在這片人類棄守的家園建立起自己的王國，沒有管束沒有撲殺，是否媽媽的狗回到這裡和其他的狗族生活，狀況會改善許多？媽媽難以想像沒有狗的家。狗比爸爸、兒子、女兒都更像她的家人，因為唯獨狗和她之間是沒有隱瞞或謊言的。

「家人之間互相說謊並不代表不信任或是沒有愛，有時候反而是因為親情的壓力導致對方逃避，這是大家都懂的道理。」狗說。

「可是我越來越不了解爸爸和兒女，一點也不知道他們在想什麼，他們也不想關心我。我們互相對對方感到厭煩。我不知道他們為什麼還要回來，只是因為這裡是個方便睡覺的地方嗎？為什麼不乾脆離家出走？反正有沒有他們我都是孤伶伶一個人，只有你陪我。」媽媽說。

「但是我不可能永遠陪著妳。狗的壽命比人類短很多，況且我現在已經是一條老狗了。」

「我覺得大家有好多事情瞞著我，他們以為我不會發現，其實我都知道。兒子高中時假裝跟社團去登山，其實是跟女朋友出去過夜。女兒下班走進家門時不是在講電話就是在看手機簡訊，其實她只是不想跟我們說話。爸爸前幾個禮拜說要跟同事聚餐不回家吃飯，其實他去見剛從美國回來的前妻……。他們都有自己的世界，兒子每天都在網路上聊天，女兒有一堆朋友，爸爸有認識好幾年的同事。我只有這個家。我一直都這麼盡心盡力為他們著想。」

「妳真的愛他們嗎？媽媽，妳一直以為自己在替別人著想，也許妳只是不想當壞人。不過，不想當壞人的人比誰都要來得自私，不想讓別人擔心的人也是……」

那一次和狗的談話結束後，媽媽試過幾次想要拉近家人間的距離，結果反而招來爸爸的猜疑。

「妳問這麼多是不是懷疑我在外面有女人……？」

「還是妳今年的檢查結果有什麼不對？」

「妳想要什麼就直接說……」

面對爸爸一連串的詰問，媽媽只得繼續保持沉默好讓爸爸可以專心看報紙。

有時候聽見鄰居聲嘶力竭地叱罵小孩，媽媽反倒覺得這些成天罵人的媽媽至少花很多時間陪著自己的孩子，罵聲雖聽來刺耳卻比什麼都來得真實，孩子始終能膩在媽媽身邊。相對而言，忙著上班的父母下班以後只想圖個清淨，美其名是為了孩子好，實則也帶有逃避的心情，因此孩子放學出了校門就直接派人接到補習班，即使假日也不放過。直到有一天與孩子開始生疏，才猛然發現孩子已經長這麼大了。

「因為妳一直都在，這個家才會存在。我也是因為這樣才來陪妳的，媽媽。」狗說。

媽媽和黑狗們坐在空屋前的臺階上回想狗對她說的話，希望能提供一點線索。也許答案在更近的地方吧。狗不會做這樣不負責任的事情，如果牠要留下線索，一定是媽媽能夠理解的範圍內。

清晨的霧氣已經全部消散，天空中的細雨不知不覺已被和煦的朝陽取代，山風在空屋間穿梭，攤在地上的書本被劈里啪啦地翻動，為屋裡死氣沉沉的氣氛注入一點點生氣。

比較老的黑狗率先站起來諦聽風中傳來的訊息。另外兩隻黑狗隨即跟著往山路的方向跑去。

回程的路上，媽媽想起和狗在車上常常一起哼的歌曲，回家時她要記得唱給狗聽。就算狗不開口也沒關係，但牠一定聽得懂。

13

「誰知道參加的人是不是跟自己的老婆去，難道還要檢查結婚證書不成？」電視上正在播報新聞，政府為了改善離婚率日漸升高的問題，推出了二度蜜月的優惠方案。爸爸照例一邊吃飯一邊大發議論。

媽媽從飯碗裡抬眼看爸爸，不說話，頗有叛逆的意味。爸爸被這般陌生的眼神嚇了一跳，好像做壞事被逮住，也不說話繼續吃飯。

才在幾天前，媽媽把洗好的衣服送進兒子的房間，意外發現學校寄來的退學通知單。收件人是爸爸，卻被兒子攔截下來。再看看寄件日期已經是三個禮拜前，爸爸到現在還被蒙在鼓裡。

媽媽原封不動把信放回去，悄悄退出兒子的房間，心裡充滿不可思議的憤怒。她生氣兒子既然之前已經瞞了這麼多事，這次為什麼不好好保守自己的祕密，這麼輕易地讓她發現。她能怎麼辦？難道要由她挑起戰火告訴爸爸，讓父子倆大吵一架？

這個家已經一點一滴在鬆動，由內而外的力量正在捶擊脆弱的欄柱。

後來媽媽打破慣例，與青光眼出遊。狗也去了。

其實只有一個下午，去不了什麼地方。

他們光在市區裡繞一繞，後來開車到近郊，那裡居然有度假小木屋。他們沒進去，在外面看一看就又回來了。

「抱歉沒事先計畫好。」青光眼說。

「這樣很好啊。好久沒帶狗出門走走，牠看起來蠻開心的。」

他們一起坐在青光眼工作室的沙發上看狗狼吞虎嚥地吃碗裡的食物。為了替出遊畫下一個完美的句點，媽媽特地開了一個肉罐頭給狗吃。

狗吃完後在屋裡轉了幾圈才到他們腳邊趴下。媽媽差點就要告訴青光眼，狗不能說話的事。

「樵夫們每天早上出門時會帶上一個紮實的便當，工作到中午時找一個舒服的地方坐下來吃。便當裡其實只有白飯，但每個人都會帶一罐自己做的鹹菜拌飯吃。每家做的鹹菜味道都不同，口味很熱鬧。」青光眼又說起森林的事，「有一天跟大家坐在路邊吃飯，我發現了一株幸運草，四片葉瓣喔！雖然小小的，顏色還是分成三層，越往中間越淡。我很小心地放在外套口袋裡面想帶回家，結果工作一下午就壓爛了。」

「傻瓜，當然會壓爛。」媽媽拍著青光眼的手說。

「後來想想帶回來也不知道要給誰看，就丟掉了。」

「兒子高中時，有一次心血來潮做烘蛋給我們吃。做得不好，看起來垮垮的。爸爸很粗心地開他玩笑，兒子一氣之下把整盤烘蛋端進房裡吃光。一口氣吃了五、六顆雞蛋。」

青光眼瞇著眼睛笑。媽媽很驚訝自己提起這些。她向來會刻意不在青光眼面前說家人的事。特別是爸爸。

青光眼繼續說森林裡的事，「樵夫的菜園提供他們要吃的青菜，也會跟其他人做交換。交換的方式是用產量比例來算，而不是照市場訂的價格，當然也會互相贈送。他們的菜園上蓋了一層網子。因為到了夜間，鹿媽媽會帶小孩子出來覓食，也會到田裡來。既然無法避免，樵夫們乾脆就做適當的分配。鹿會吃露在網子外的菜和種子，藏在網子底下的就是樵夫們要吃的分量。這樣聽起來好像很平衡，但樵夫們說，鹿媽媽平均一胎生兩個小孩子，以前在小鹿長成成鹿的過程中會有一隻被自然淘汰掉而死亡，只有一隻能倖存。自從他們提供食物分給鹿吃後，鹿媽媽的兩個小孩子都可以存活下來。這樣子破壞自然的規則是不好的，但又不忍心把牠們趕走，畢竟他們是在動物的地盤上暫居。而且在能力做得到之內，父母都想保護自己的小孩子，小孩子也會拚命爭取生存的機會。」

媽媽知道青光眼一直想和她做愛，她始終不肯。

那次出遊什麼事也沒發生，但因為媽媽反常的破例，使她感到像是和青光眼狠狠地做了一次愛。罪惡感摻雜著背叛的愉悅。於是媽媽在心裡把它想成事實。原本應該要死掉的小鹿終於活下來。

之後媽媽在這樣的心情慫恿下，又跟青光眼出去幾回，有時候沒有帶狗。

晚歸的那次，爸爸問狗，媽媽去哪裡了。狗不說話。

14

爸爸的前妻從國外回來一陣子了。

爸爸幾次和她碰面都瞞著媽媽，媽媽是知道的。爸爸的前妻到國外後做香精治療的生意，並在當地另結了婚，這次不知道為什麼回來。

前妻打電話到家裡找過爸爸一次，她大概認為媽媽和她沒見過面絕對聽不出她的聲音。可是媽媽記得前妻的聲音。孩子還小時，前妻剛移民到國外時曾打電話到家裡找孩子，媽媽接過一回電話，她們兩人對彼此都很客氣。事實上前妻正是媽媽小時候希望自己長大之後成為的樣子。性感，在眾人之前永遠只展露美麗的一面，受人矚目的。

媽媽從來沒有想過要查看爸爸的通訊資料或查勤一類的舉動，而且爸爸每次都利用中午休息時間在辦公室附近的餐廳與前妻碰面，按理說媽媽是不可能察覺的。但女人的直覺往往敏銳得驚人，連自己都會一不小心被刺傷。而關鍵就在一些微不足道的小動作。

好比說爸爸出門前多看了一眼鏡子，或者電話響時變得很焦慮，再不然就是話說到一半突然間卻支吾其詞。媽媽全都不動聲色明白了。

爸爸這把年紀已經沒力氣出去玩女人，這點媽媽比誰都清楚。倘若真的有，也是花錢了事的年輕女人，她們是看不上爸爸的。要不了幾次她們就會發現爸爸一點也玩不起。

這些事媽媽都在心裡盤算過，但或許她根本打心底不在意爸爸有沒有背叛她，而且說不定這樣更好。

前妻和爸爸碰面聊些什麼，他們會分享彼此菜盤上的食物嗎？或者她只是想知道孩子的境況？前妻很瞭解她離開時並沒有對孩子說太多好話，而孩子那時正值轉變時期，連自己是誰都似懂非懂。她一去多年，現在要重新喚回孩子對她的情感是不容易的。

是媽媽讓前妻打去辦公室找爸爸的。媽媽情願被瞞著，甚至因為爸爸十分謹慎保守祕密而懷著感謝的心情看待這件事。至少爸爸是看重媽媽的，才願意花費一番力氣隱瞞。

而且他為了守住祕密，整個人從潰散已久的生活中爬起來，跟著也變年輕了。

基於補償與感謝，媽媽上床時主動靠在爸爸身上。兩具青春不再的身體比年輕人還要生澀地靠在一起。媽媽看著爸爸的臉，原本打算要吻他的嘴脣，但因為實在過分生疏，兩人都很不自在。爸爸雙腳打得直直的，一隻手搭在肚子上，另一隻手舉在空中緊繃得忘記放下來，像用力握著一顆球。

媽媽試著不要看爸爸的整張臉而只看局部。例如耳朵，顏色比記憶中深，耳廓外側長了一點黑斑。

例如鼻子，單獨看時的形狀很怪異，太過對稱而超出自然。

例如嘴巴，歪的。爸爸的嘴巴也是歪的。沒有笑，兩片嘴唇閉成一條線鎖住爸爸的祕密。媽媽希望那兩片嘴唇永遠不要張開。然而在爸爸身體裡運作五十幾年的內臟發出機件老舊的聲音，爸爸的嘴唇微微張開發散出裡面的味道。

對不起，爸爸趕緊道歉，表情是如此惶恐好像她是別人的妻子。

爸爸從什麼時候開始害怕媽媽了。是平時的距離太遠而現在又太靠近嗎？還是剛剛那一瞬間媽媽皺眉頭表現得太露骨太嫌惡，使爸爸的自尊心突然開始警醒。

那兩片嘴唇又重新密合，但由於爸爸的緊張反而一點也不歪。端正的嘴唇放在臉上，這張就是媽媽十年前愛上的臉。十年來每夜睡在她身畔的臉。十年來隔著飯桌與她對望的臉。十年來她作夢都會記得的臉，但此時此刻清醒時才發現和記憶稍有出入。

媽媽放棄目光在臉上的搜尋移往稍微下方的脖子。

爸爸的喉結小小尖尖地凸起，在他用力吞口水時一上一下地滑動，反應異常靈敏。脖子上的頸紋使他像長期被一雙隱形的手掐著脖子無法呼吸。因為媽媽視線的轉移，爸爸的目光得以鬆一口氣來凝視媽媽。媽媽能感覺到目光的觸摸。

媽媽親爸爸的脖子和他們年輕時做的一樣。爸爸脖子上的皮膚布滿了疙瘩，令媽媽聯想到菜市場裡肉攤上的雞皮，覺得好噁心。雖然這樣想實在很殘忍，但她無法停止這麼想，好噁心。一定不是因為爸爸老了。青光眼的歲數也不小，她卻能欣賞他身上的缺點，包括他終將看不見的眼。媽媽只好開始跟爸爸談些年輕時候的事情以避免要繼續親下去。爸爸被感動了。

青光眼一直想和媽媽做愛，媽媽不肯。她怎麼樣都不肯。底下那個器官對她來說，不過是再過不了多久就會罷工的機件，既已安靜地塵封在深處便無需再去重新啟動。更何況她不知道自己是否應付得來那些場面。她不想再像個年輕女人般不知所措。

「妳就是我的情人我愛的人，我每天想見到的人。做不做愛只是結果，但我們是彼此吸引的，並且已經在幻想中做過無數次的愛。」青光眼抱著媽媽說。

每次他們為了這件事爭論時，媽媽就覺得他們兩人好像在大街上吵架嘔氣的年輕情侶。有時候她會忍不住笑出來，青光眼也拿她沒輒說不出個結果，最後還是把她抱在懷裡。

又一次，媽媽在瑜伽教室被神祕的吻襲擊。

那天媽媽一離開健身房就直接去找青光眼。這次他們慢慢地做愛像老夫老妻手牽手散步那樣，不急著要去哪裡或完成什麼。中途青光眼停下來時，媽媽說，「我想從背後看你。」

「現在嗎？」青光眼瞇著眼睛問。

「嗯。」

「那可能有點困難喔。」

兩人都覺得很好笑，接著繼續散步下去，就像媽媽每次牽著狗散步。青光眼光溜溜的背上都是汗。媽媽希望有另一個自己可以站在旁邊，從青光眼的背後看他的樣子，看他怎麼樣傾全力在愛著自己並且帶有貪婪地佔據自己。

他們在很自然的氣氛下做完愛，還很從容地把身上流的汗沖洗乾淨。就像這件事他們已經一起做了十年一樣。

媽媽走回家，一進門就抱著狗，如同分開十年之後重逢般擁抱。沒有說話。

爸爸變了。那天夜裡，媽媽主動示好觸動了爸爸一些情感，再加上前妻回來令他心境上軟化，這一切誘使他想起自己身為丈夫的責任，對媽媽就多了幾分溫柔。

當媽媽洗完澡坐在梳妝鏡前搽保養品時，爸爸會出現在房門口專注地看著媽媽。媽媽假裝沒看見爸爸，雖然她感到極不自在。又好比當她出門前化妝時，爸爸也會用眼睛餘光偷偷注視媽媽。

看著自己的女人化妝是什麼樣的心情？他連問都沒問自己的女人要去哪裡，只在意自己的女人如何裝扮。

媽媽後悔那夜不該主動示好，現在換來不知如何應付的局面。和結婚十年的丈夫是不可能再次感到年輕，只有重新展開一段戀情才有可能。爸爸不正是因為如此才和前妻見面的嗎？

媽媽經常獨自坐在不開燈的客廳就著窗外的路燈發呆。她以為家人都睡了或正在房裡忙著，沒有人發現她。其實爸爸是知道的，兒子女兒也都假裝沒發現，安靜待在房裡。

媽媽什麼也不做地坐在沙發上。想到在她生活裡出現與離開的人，她納悶，這些人來到我的世界做什麼，我在別人的世界裡又代表什麼？我們各自從對方的世界不說一聲就拿走自己想要的，留下帶不走的。

客廳進門處的茶几上放了一個擺鑰匙的小托盤，裡面有一些貝殼，是好幾年前全家人一起去海邊玩時帶回來的。為了狗，他們好不容易才訂到可以帶動物入住的旅館。

那是狗第一次看到海，站在沙灘上，在海裡游泳。

現在貝殼上面積了厚厚一層灰，比在沙灘時還髒。

如果狗還可以說話，她想問狗，「你喜歡跟我一起嗎，狗？」

狗越來越虛弱，上下樓梯根本使不上力需要靠媽媽抱牠。牠變得更瘦更小。似乎會說話的狗早已經離開了，剩下肉體繼續在原處空轉。

事情演變成爸爸誇獎媽媽的廚藝，碰巧媽媽那天把菜燒壞了，反而更顯得爸爸是要討好她。討好她做什麼？她覺得很惱，也不明白自己是怎麼搞的。之前總希望她和爸爸的關係能重新要好起來，現下有了起色，她卻反感得不得了。爸爸在外面工作一天帶回來的氣味、挑眉毛的樣子、吃飯時看新聞，這些都讓她無法忍受。但爸爸一直以來就是這樣。那就是說她自己變了。她越討厭爸爸越覺得自己惡毒，而且她一點也不願意再壓抑任何的感受。

「如果我是他，我就不會這樣做……」

爸爸又在抱怨辦公室裡年輕的上司，其實爸爸是有機會爭取升遷的，他只要再多加把勁，花點腦筋在工作上，而不是整天批評別人，他早在十年前就可以坐到上司現在的位置了。

媽媽突然把筷子啪地一聲放下，「如果你只會說這些喪氣的話，那不如把你的嘴巴閉上。」

爸爸被她的舉動嚇到而中斷長篇大論。媽媽起身到廚房裡端湯。

湯已經涼了，也懶得再熱就這麼端上桌。重重放下時，湯灑到桌上。

爸爸安靜地觀察媽媽的反應，電視機依然吵吵鬧鬧。大概因為沒話好說，爸爸把菜唏哩呼嚕全都吃光，湯也喝得一滴不剩，完了還是坐到沙發上看電視。

夜裡，媽媽以為爸爸已經睡著了，躺在床上睜著眼睛胡思亂想。

「睡不著嗎？」爸爸的聲音聽起來倒像是一直醒著。媽媽沒回答。「我知道自己應該還有讓事情變得更好的能力，但我常常覺得好累，每次把不得不做的事情做完後，就已經沒有多餘的力氣再去多做什麼了。其實我也曉得，誰不辛苦呢，大家都在努力過活，對未來盡可能多抱一些幻想。」

媽媽還是沒回答，這讓爸爸有點尷尬。媽媽也知道這時只要她說點安慰的話打圓場，兩人之間就不會這麼僵冷，爸爸也會好過點。躺在她身邊的爸爸現在一定被乏力感佔據全身，動彈不得。但媽媽同樣感到沒有多餘的力氣再去這樣做了。

他們像戰場上的兩個傷兵一同在壕溝裡等待救援。

當壞人的滋味真是糟透了，媽媽想到狗曾經說的話，「老是擺出一副單純的臉孔，說別人的好話，說不定才是最不單純的人。不論好壞都老老實實看見，老老實實承認，再去做選擇的人比較可靠。」現在就是老老實實的樣子，媽媽一點也不好受。她好懷念從前，每天早上狗向她道早安，「早安，媽媽。昨天晚上睡得好嗎？」

媽媽想離開這張床去陪狗，和狗一起睡在地上也好。但假使她現在離開，爸爸會更不好受。她就這樣躺著，不知過了多久終於睡去。

15

「樵夫的家中沒有像樣的浴室，每天早上起來就站在廚房裡，對著外面綠意盎然的林子刷牙洗臉。之前曾說過他們一家人會一起玩音樂，其實樵夫爸爸不是一開始就出生在森林，原先也是個徹徹底底的都市人，在一間事務所裡從事設計的工作。我也是透過他的老同事才和他搭上線的。決定留在森林後，都市裡很多東西都必須放棄，但唯獨對音樂的喜愛無法割捨。為了這份無法忘懷的滋味，家裡的男孩長大沒多久後，樵夫爸爸就開始教他們演奏樂器。所以兒子們從小就開始練習，能力都很不錯。而且每次一起練習時，爸爸一定要彈主奏不許別人跟他搶，這一點他霸道得比兒子們還像小孩。」

青光眼瞇著的眼睛幾乎是已經閉上了繼續說，「我去拜訪時，樵夫爸爸已經上了年紀，正在做癌症的治療，頭髮幾乎掉光。家人為了讓樵夫爸爸開心，特地從都市裡找人訂做了一頂粉紅色的假髮給他。一個粉紅髮色的森林搖滾老爹，非常逗趣。他們還說，每座山裡都有一個靈在守護，負責掌管生命的誕生與衰亡。樵夫家庭曾有一隻大狗，是家裡另外兩隻狗的母親，幾年前因為太老而過世了。大狗幾乎陪伴一家人早期的日子，是兒子們小時候的玩伴。大狗也把自己的孩子教得很好，看守的姿勢、防禦的習慣都跟大狗母親一樣。大狗死掉的時候，家人把牠埋在森林裡還給那片靈。

那時候才感覺到，有時候住在都市的人們是會為了更荒謬或平凡的原因而活著或選擇死去。也許只是為了期待每年為數不多的年終獎金，也許是一片斷裂的指甲，或僅僅只是因為從睡眠中醒來便被死亡的念頭佔據。活著的時候也被許多疑問塞滿腦袋，擔心自己不夠有意義或是浪費了什麼，但是在森林裡這些疑慮都會變得微不足道。」

青光眼停頓了一下便自顧自地笑起來，眼尾由於他的笑而擠出好幾條皺紋。「第一天到樵夫家，吃飯時我不小心坐在樵夫媽媽的位置上，她很不客氣地要我換位置，當時我緊張死了，以為遇到什麼凶惡的人家。但其實一切根本一點也不複雜，樵夫媽媽只是為了方便替大家盛飯所以必須坐在那個位置上，口氣可能比較直接了些，不過開始吃飯後那股親切的氣氛就說盡了全部。什麼對與錯都不需要多說了，在那邊的日子就是吃飯、大量的體力勞動，累得睡著一覺到天亮。」

後來又一次，青光眼和媽媽經過剛重新改建好的飯店，媽媽說想進去看看。到了櫃檯一問，媽媽不願意青光眼亂花錢便說在大廳繞一繞就好。

他們搭電梯上到最頂樓，飯店中央開了一個天井貫穿每個樓層，趴在欄杆往下望是有點叫人害怕的。他們逐層往下走，每層樓的走廊都很相像也很安靜，厚厚的地毯把所有的聲音都吸走了。回到一樓大廳時，他們坐在扶手椅上聽著來來去去的腳步聲，只有大廳地板又亮又硬，男人女人走過去都發出清脆響亮的聲響，聽著聽著媽媽就睡著了。她根本就不累，不知道為什麼突然覺得睏。恍恍惚惚中媽媽好像聽到狗的腳步聲，細細的爪子小碎步踩在硬地板上喳喳作響。醒來時，她覺得已睡了很久似的有點發窘，但青光眼卻說只有一下子。

狗生病後，媽媽減少去健身中心的次數，儘可能多待在家裡陪狗。

那天上完瑜伽課，媽媽打開置物櫃卻發現裡面的東西不是她的，她看看握在手中的鑰匙和門上的鎖頭都沒錯，但裡面的東西沒有一件是她的。周圍的人都各自忙著穿衣服脫衣服。她繞到別條走道逐一檢查，結果在鄰近的走道發現另一個鎖頭，大小、尺寸、顏色都和她的一模一樣。更衣室裡有成排的置物櫃，會員每次來使用時就自行挑選一個空的置物櫃，掛上自己攜帶的鎖頭鎖上。由於置物櫃外觀上沒有差別，唯一能辨識的就只有不同的鎖頭。媽媽遲疑著要不要用自己的鑰匙試試看能否打開這個鎖頭，但又擔心萬一是別人的櫃子而物主剛好回來，豈不是會造成誤會？更衣室裡東西遺失不是沒發生過的。媽媽站在櫃子旁邊等了一會兒，一旁櫃子的兩個年輕女人回來，正喋喋不休地討論公司裡的八卦。兩人差不多三十歲上下，從對話內容猜測應該都是單身，聊的不外乎是朋友的婚事或他人的感情生活，話語間透露著對愛情的渴望但又不想看得太重。她們一邊聊天一邊脫下衣服準備淋浴，背上有明顯被內衣勒了一天的痕跡。

她們離開後，媽媽決定試著打開置物櫃。

鑰匙和鎖頭完全吻合，喀的一聲鎖便應聲打開，裡面正是她的物品。奇怪的是這條走道並不是她習慣用的位置，她也沒有任何印象曾把東西拿來這個置物櫃放。

媽媽回到前一個置物櫃，這時有另一個女人正從裡面拿東西出來，她便上前去問。原本不認識的兩人買到同一款鎖頭又在同一個時間與地點使用，這樣子的機率根本就是微乎其微。偏偏置物櫃的位置又和之前不同。沒有人搞得懂是怎麼一回事。媽媽和那個人各自查看物品確認沒有遺失後也就作罷。

過幾天，家人都出門後，媽媽和上次一樣開車到有歪斜房屋的社區。不同的是，這次帶了狗。狗站在駕駛座旁的位置上，舌頭伸得長長的迎向風，和以前一樣無憂無慮，也比之前有精神多了。其他在趕路的人看見狗都露出微笑。看來帶狗出門的決定是對的。

紅燈的時候，媽媽摸摸牠，拍拍牠的背。

「喜歡嗎，狗？」狗伸著舌頭好像在微笑。

開了一段路，上班的車潮也漸漸增加，車子走走停停的，媽媽有更多時間可以看著狗高興的樣子。過一會兒，媽媽想起他們在車上經常放的音樂，便找出來播放。

「記得嗎，狗？這是我們常聽的曲子。」狗的頭撇到一邊像真的在聽，身體因為喘氣而規律的起伏也像是在和著節拍。媽媽忍不住隨音樂哼唱。

有了音樂陪伴，車子很快抵達社區。上次那隻年輕的黑狗站在入口。等媽媽停好車，另外兩隻黑狗也來了。

牠們隔一段距離觀察和媽媽一起來的狗。狗不以為然地先在車子輪胎撒了一泡尿。

社區和上次來時差不多，傾斜的房屋依舊荒涼，其餘人家生活依然。由於是上班時間，居民大多外出，整體感覺人氣更稀薄。

狗對新環境充滿好奇心，四處嗅聞。雖然是在這裡出生，但是才幾個月大就被帶離，腦袋裡大概已經沒有這個地方的記憶了。

「我已經不記得自己的母親了。」狗曾經說。

「我也是。記憶裡都好模糊。」

「那時候我還小。妳呢，媽媽？」

「我不是被帶走的，反而是被留下來。我感覺不到自己年紀到底是大還是小，好像夠大了，但又難過得像小小的孩子。」

「聽說有很多狗在主人死去後也會跟著死去，感情太深厚了。但從沒聽過狗死去，主人也會跟著死去。媽媽，妳會好好的。」

「你再說這種話我可是會生氣的。」

那時候的媽媽真有點生氣。但如果因為這樣生氣實在太可笑了。不過，現在要生氣也不可能了，只有一心一意解開謎團才能讓生活恢復到過去。否則，狗可能真的會離開了。

媽媽和狗在社區轉來轉去，期望能找到任何的蛛絲馬跡，幸好沒什麼人才不致於被起疑。社區巷道的規劃都還算整齊，但真要仔細找門牌號碼又被搞得暈頭轉向。有些傾斜的房屋連門牌都不見了。好幾次都以為走回原來的路或者一不小心走到往山路的方向。

三隻黑狗一直遠遠近近跟著他們，和狗互相熟悉彼此的味道後才走近狗，更進一步確認。放心了以後尾巴又重新搖擺招呼。

幸好狗還可以和其他犬類溝通。看牠們交頭接耳的樣子還真像在交換祕密。

找了一陣子，快接近中午時刻，媽媽和狗，加上三隻黑狗坐在上次那間空屋前的臺階上休息。牠們似乎把媽媽也當成另外一隻狗。

一個中年男子從山路的方向走下來經過空屋前面。男子的模樣很眼熟，特別是腳上那雙膠鞋。直到狗跑過去，媽媽才想起來他是自助餐老闆。看到媽媽和狗，自助餐老闆露出驚訝的表情但不打算多說什麼，只是點點頭就快步走掉。狗跟了他一小段路，直到轉角處，自助餐老闆對狗說了什麼，狗才跑回媽媽身邊。

狗聽得懂自助餐老闆的話嗎？

「狗。」媽媽喊牠，狗轉頭看著媽媽。

16

媽媽帶著狗，費了好一番功夫才到青光眼的工作室樓下。狗瘦了許多，也走得很慢，身上的毛有些凌亂，發出臭味。

稍早前，媽媽照例要帶狗出門時，赫然見到牠無神地坐在自己的一灘尿裡，尾巴的毛都沾溼了，牠卻無助地動彈不得，也不知道自己發生什麼事。媽媽趕緊把狗從那灘已經惡臭許久的尿堆裡抱起來。

當媽媽在洗刷那塊地板時，狗在一旁低著頭焦躁地走來走去，還不時撞上傢俱或牆壁。媽媽不得已只好停下來安撫狗，牠才稍微穩定些。可是一旦媽媽拿起刷子繼續清潔地板，狗似乎聽到刷子的聲音便如臨大敵，煩躁不安。媽媽只好放棄繼續清掃，但至少打了一條溼毛巾替狗把弄髒的地方擦一擦。

溼掉的毛糾結成一團，讓狗看起來更瘦，骨架的線條依稀可見。

事實上這不是狗第一次失禁。幾週前狗的虛弱逐漸擴散，牠無法站著吃飯，而是一屁股跌坐在地上由媽媽一口一口餵牠，才勉強吃幾口，水也喝得越來越少。狗棕色的毛迅速失去光澤，轉白，失去了保護牠的功能，牠隨時都像赤裸裸立在莽原中，隨便一隻小蟲或是一點風吹草動都可以傷害牠，使牠受到驚嚇。可是從來不至於像今天這樣。

狗低頭亂竄，腦門每次撞上傢俱都撞出極大的聲響，但卻沒有因此阻斷任何不安而繼續地騷動與混亂，牠甚至打翻自己盛滿水的碗。更多的水蔓延到腳邊，狗慌亂雜沓地向後退，直到媽媽即時走過去抱著狗，在狗的耳邊喊牠，「狗，別怕，那只是水。別怕，我在這裡。」

狗聽見了嗎？

牠原本又黑又圓的的雙眼已經變得混濁，黑色的瞳孔陷進臉上的凹洞，最前方覆蓋了一層白色的膜，和鳥類在高空快速飛行時雙眼的瞬膜相似。狗正在加速前進，十分專注地通往最後的演化旅程，因此沒有對媽媽的呼喊做出任何回應。

媽媽決定帶狗出去透透氣，暫且遠離這股悶臭的尿騷味。

踏出家門，迎面而來的風替狗打氣，狗顯得好多了。牠抬起頭嗅聞空氣裡新鮮的氣息，確定沒有惱人的尿味後才放心地邁開步伐。可是走沒幾步，就被凹凸不平的路面絆住。牠疑惑地裹足不前。好不容易抬起腳，每走一步，四肢都只能乏力地舉步，像踩在鬆軟的沙灘上無法施力，下一步又重心不穩地往前跌進，牠的頭垂掛在前方上下搖晃著想幫忙使點力，但只是徒勞無功。幾次以後，狗就挫折地不願再走半步。媽媽只好將狗抱起來，又怕走快了讓狗不舒服，只得慢慢走。

狗四隻腳彎曲朝天空指，媽媽覺得雙手捧著的是一堆堅硬的骨頭。至少這是身體無論如何老化都不會改變的一部分。

不知不覺，媽媽抱著狗走到青光眼的工作室，上樓時已經覺得舉步維艱，狗的乏力全傳染給她，使她雙腿漸漸僵硬。青光眼很顯然被這一幕嚇到，他甚至忘了讓出路來讓媽媽和狗進門，最後他才摸到媽媽冰冷的手說，「怎麼不穿件外套再出門？」

媽媽把狗放在沙發上，跪在旁邊用手指頭揉著狗的鼻梁，和以前她常做的一樣。狗想從沙發上爬起來，媽媽就又把牠按回去。

「別怕，狗，我在這裡。」媽媽在狗的耳邊說。

青光眼提議應該把狗送去醫院。

「沒用的，醫生只會說牠老了，不然就是做一堆整死人的檢查。」媽媽突然發脾氣，語氣非常急促。

但過沒多久媽媽還是妥協了。他們用一條舊毯子裹住狗使牠不受寒，這次換青光眼抱牠。媽媽甚至為了連該怎麼去醫院都發了一頓脾氣。下樓時媽媽怒氣沖沖走在前面，只有偶爾停下來看看狗時，才會換上再溫柔不過的口吻。一路上，狗發出微弱的嗚咽。媽媽忍不住催促青光眼的腳步，又因為走太快使狗不舒服而責怪青光眼。

終於到醫院時，他們又在候診室等待好久。大排長龍的飼主與寵物讓醫院熱鬧異常。寵物們，有些會友善地搖尾巴，有些激動地扯嗓子大叫，有些害怕地躲在椅子下面說什麼也不肯出來。飼主們親暱地叫喚自己的寵物，氣氛像參加學校家長日的父母。不過，當大家看到狼狽的狗，都不約而同撇開視線，並且看緊自己的寵物別去驚動到狗。替狗辦完掛號手續後，媽媽受不了候診室裡那股親切的冷漠，她執意要站在外面等，青光眼只得順著她。

狗的胸腔一起一伏從身體裡擠出哀悽的氣息，媽媽只能手足無措地安撫牠，「別怕，狗，我在這裡。」媽媽伏在狗耳邊說。

輪到狗看診時，候診室已經沒有其他的飼主與寵物了。他們把狗橫倒在金屬看診檯上，狗三番兩次想要站起來都因為四肢無力支撐而跌倒。青光眼和媽媽在醫生的要求下，分別抓住狗骨瘦如柴的前腳與後腳，還套上塑膠頸圈防止牠反抗時傷到醫生。其實狗即便奮力掙扎也只是白費力氣，更別說傷人了。牠不過是出於本能想保護自己，說不定牠根本不想到醫院，只想躲在某個隱密的角落。

據說犬類要死亡時，會用盡力氣自行躲到不會被發現的地方然後靜靜死去。媽媽腦中一閃而過這樣的念頭，立即在心裡怪罪自己。

狗因為過度緊張在看診檯上再度失禁，半邊身體都沾滿了尿液，嗚咽聲也越嗚越長。他們將狗移到更裡面的小房間，「別怕，狗，我在這裡。」醫生在床上鋪了柔軟的毯子，在狗的腳上接上心電圖以及其他的觀測儀器，又替狗注射點滴，狗的四隻腳很快就被各種管線插滿。儀器規律地滴答行走著，狗的眼睛睜得大大的，有一度恢復過往的清澈，可是無論媽媽跟牠說什麼牠都沒有反應。狗的側腹部隆起一個飽滿的腫包，與削弱的軀體不成比例，裡面都是從點滴管裡流進牠體內的透明液體，牠被這個龐大的腫包壓得微微喘氣。

媽媽想起那時自己生病獨自在醫院，總覺得病床把她的身體托得好高，離地面好遠，一不小心就會跌下床。所以媽媽總是將病床旁邊的扶手立起來，自己猶如關在護欄裡的動物。

不知不覺中，已經到了傍晚。

「要不要打電話回家說一聲？」青光眼提醒媽媽。

媽媽一會兒看看狗發愣的雙眼，一會兒看看儀器上的數據，一會兒又替狗拉被子，但一點幫助也沒有，狗依然微微喘氣在延長每一口呼吸。

青光眼又悄聲提醒媽媽一次，媽媽才猛然回應，「你就這麼巴不得我打電話回去給他嗎？」

青光眼嘆口氣坐回椅子上便不再說什麼。

直到醫院準備要打烊，點滴已經換了第二袋。期間，狗閉眼休息了一下又被儀器的滴答聲驚醒。醫生開了晚上要吃的藥、新的點滴，還交代急診電話。媽媽抱著狗走出醫院，她只感覺到厚厚的毛毯，狗的身體幾乎消失在毛毯間。青光眼提著儀器和藥包，在路邊攔了一輛計程車。

「別怕，狗，現在要回家。回家就好了。」

媽媽眼下只能關注狗的所有感受，其他的全聽青光眼擺佈，連計程車怎麼到家的她都不知道。青光眼先下車後，按門鈴，爸爸一臉錯愕開門看著這位陌生人和她的妻子與狗。青光眼把手上拎著的東西交給爸爸後，也沒多做解釋就跳上計程車走了。

媽媽懷裡的狗又開始騷動，她把狗安頓在客廳的座椅上。爸爸自知幫不上忙，躲在房裡。到不得不睡覺時，媽媽窩在客廳的另一張座椅上，和狗一模一樣。儀器繼續監測狗的生命跡象，發出滴答的聲響。媽媽這一晚上睡得很不好，深怕狗有臨時狀況，就這樣翻來覆去。好不容易捱到天亮，屋裡好溫暖，除了儀器的聲音，其他的聲音都被疲倦吞噬無聲，她說不出來是哪裡不對勁，一切都靜悄悄地。許久以後她才想到，這份安靜是因為少了狗的喘息。

她抑住心裡升起的念頭繼續躺著，儘管她的腳已經發麻，肩膀又痠痛不已。

不知躺了多久，她聽見巷子裡一輛機車一直發不動，岔氣的引擎吭吭哈哈的，急得上班的人一次又一次催油門，結果機車都在最後一刻熄火。沙啞的機車聲像衝不破的夜晚，黎明始終無法到來。迷迷濛濛中媽媽又睡著，再醒來時聽見女兒關上大門的喀嚓聲。

「妳醒了嗎？」爸爸蹲在媽媽旁邊說。

媽媽微微睜開眼睛，爸爸的臉靠她好近，滿滿的皺紋夾著泛黃的五官。

「昨天晚上狗一直叫，我起來看了好幾次，妳睡得好熟。」媽媽記得自己明明整晚睡睡醒醒，就是沒聽見狗的叫聲。

媽媽從沙發上坐起來，爸爸把接在狗身上的儀器關掉，四周變得更靜了。世界裹在一張厚厚的毛毯裡。媽媽延遲著自己問起狗。

爸爸遲了半個鐘頭才出門。不知道兒子在不在家，媽媽痛恨家裡的寂靜於是啟動洗衣機，雖然只有兩隻襪子在裡頭轉圈子。

狗的身體摸起來是冷的，牠從來沒這麼冷過。墊在牠身體底下的毯子依然溫熱，過一會兒，狗的身體又更冷了些。從狗嘴裡流出一些嗆鼻的液體在毯子上印出一道痕跡。媽媽用手指頭劃過狗的鼻梁，和以前一樣，伏在狗的耳邊說，「狗，你要記得我，不要忘記我。」狗以前睡著時她也會這麼做。狗豎著耳朵好像在聽。

媽媽先打電話通知醫院，再叫了輛計程車。

到醫院時，醫院裡的人讓媽媽陪狗在前一晚的小房間裡等著，醫生端了一盆水來讓媽媽替狗把身體擦乾淨。狗身上有些打結的毛怎麼梳都梳不開，媽媽用手一根一根撥開才稍微好一些。其他看病的動物陸續來掛號，醫院又和平常一樣充滿生氣，到處是小狗小貓的叫聲。小房間遮掩在百頁窗後面，大家看不見裡面躺著一隻狗。

媽媽替狗打點好之後，醫院裡的人向媽媽說明處理的方式和費用，過沒多久，一個穿西裝的男人開著廂型車停在醫院門口，拿了一個箱子進來。

媽媽把狗抱進箱子裡，像在抱自己的孩子，「媽媽，我就是妳的小孩。」狗曾經這樣安慰她。那她是個好媽媽嗎？

她的孩子，狗，躺在箱子裡，要被載去很遠的地方。可是牠只能躺在黑漆漆的箱子裡，不能坐在牠喜愛的駕駛座旁，不能靠在窗緣吹風，欣賞風景，也沒有媽媽陪在身旁。那她是個好媽媽嗎？就算不會說話也沒關係，媽媽多希望狗可以重新睜開眼睛，就算不會說話，也不要緊。

穿西裝的男人很慎重蓋上箱子，交給媽媽一張收據，便把狗帶上車走了。

他的後車廂裡還有好多一樣的箱子和幾個空的箱子。至少狗最後能和同伴一起，牠實在太少和同伴相處。

媽媽在醫院門口看著車子離開，停在紅燈處，綠燈時又向前開走。她想著，自己接下來該做什麼？還有誰是需要她的呢？想著她有一天也會被裝進箱子裡，被不知道從哪裡來的車子載走。

媽媽走了好久。路上都是忙碌的人，每個人各有自己所投入的事。接近中午時天氣變熱，她還是一直走，大樓玻璃帷幕反射逼人的亮度，她走得滿頭大汗。

最後媽媽走到青光眼的工作室，這時她已經筋疲力盡，一進門就倒在沙發上。青光眼倒水給她也沒喝，青光眼回到桌前趕工。媽媽還是臥在沙發上，後來青光眼發現媽媽小聲地在囁嚅著，便靠過去聽。

「肚子好痛……」媽媽手扶著下腹部，臉上表情很痛苦，全身冒冷汗。青光眼問媽媽需要什麼，媽媽搖頭只嚷著肚子痛。他弄了一條熱毛巾，替媽媽把衣服掀開，貼在肚子上熱敷。媽媽似乎好些，沒再出聲但表情仍然糾著，他又換了幾次熱毛巾給媽媽並一邊趕工。

熱毛巾把媽媽的衣服從裡到外都弄溼了一大片，溼衣服貼在身上怪難受的，媽媽於是把衣服脫掉丟在地上，全身赤裸裸地蜷著瑟縮在沙發上，熱毛巾一下子又冷了，青光眼還在桌前忙著趕工，媽媽把冷卻的毛巾放在一旁，抱著下腹部。痛從身體最深處漸次傳出，一波接著一波，時而又像被扭絞著。媽媽聞到昨天狗在沙發上留下的尿味更覺得暈眩。醒來後，疼痛感已經退去，但狗的尿味還在。青光眼不知上哪兒去了，桌上的燈還亮著。

媽媽穿上還沒乾的衣服回家。

17

狗平常吃飯用的碗還擺在原處，媽媽依然每天倒入新的飼料和乾淨的水。隔天原封不動地倒掉，再重新加入飼料和水。

到了散步時間，媽媽如往常外出。

一開始她想要按照固定的散步路線，不然就在路上隨意亂繞，一直到抵達青光眼的工作室為止。

後來幾天，青光眼會到家門口接媽媽陪她散步。媽媽花了比之前更多的時間在散步，從一處移動到另一處，又在途中繞到別處，這樣來來回回她把附近都走透了。

爸爸說，「妳應該去找點事做。」

所以媽媽去健身房運動。據說運動會刺激腦部使人快樂，媽媽在跑步機上賣力跑著。她努力要想起狗的樣子，可是腦海裡只記得狗冰冷的模樣，一點也不像她認識的狗。青光眼給媽媽送來之前替狗拍的照片，其中一張是他們第一次到青光眼的工作室，那時候狗剛失蹤返家沒多久。青光眼想替媽媽拍照，媽媽推說自己太老了而不願意，青光眼只好替狗拍了好幾張照片。

照片裡，媽媽在前景，大概正專注看著鏡頭外的青光眼拍照，狗在媽媽的斜後方，微張嘴，像在對媽媽說話。

剛認識時，媽媽以為青光眼是壞人，「以後妳會需要他的。」還是狗讓媽媽對他放下戒心。說起來，反而像是狗有意帶她認識青光眼。沒多久，狗就失蹤了。狗返家後，媽媽一直以為休息幾天過後狗就可以恢復說話的能力，沒想到之後就沒再開口過。後來媽媽和狗常到青光眼的工作室，媽媽和青光眼逐漸熟識，也漸漸轉移對狗不能說話的失落感。

當時為了找狗，媽媽在和狗走散的郵局門口走了好幾回。郵局旁的小巷子栽種了巨大化盆栽，晚上犬類經常聚集在此處。

這天從健身房運動完回家的路上，媽媽刻意走到郵局旁的小巷子。整條巷子只有一盞路燈矗立在巷口，過了巷子中段光線就變暗許多，犬類為了安全起見都躲在暗處。當媽媽走進小巷子時，牠們先發出低吼聲以示警告，媽媽停在亮處任牠們檢查，等牠們停止低吼，媽媽才挪動腳步往更裡面走。

一隻派作前哨的代表走過來聞一聞，媽媽身上的衣物還黏附了狗棕色的毛，這是最好的通行證。前哨的狗回頭向夥伴示意，巷子底端的黑暗突然有深淺的差別，慢慢退出黑暗現身的是其他的犬類，大小顏色不一，老或病的都有。為首的是一隻白色的大型狗，體型修長壯碩，目光炯炯銳利。等媽媽的眼睛習慣昏暗後，才發現巨大化盆栽後面擺了好幾只碗，裡面裝滿了食物。小巷子的犬類這時或坐或站審視著這個陌生人的造訪，在牠們之間默默傳遞媽媽無法理解的訊息，要是這時所有的犬類撲上來攻擊媽媽，那準是必死無疑，可是犬類是不會無故發動攻擊的，這是出於一隻長年與犬類相處的人對所有的犬類的信任，就像一個長年與人類相處的狗對人類也會存有信賴感。凶猛的犬類都是人類為了某些企圖訓練出來的。所以媽媽決定只是站著不動，靜待小巷子的犬類做出裁決。

一會兒，為首的大白狗才走上前聞媽媽，經過再次確認，大白狗踱出小巷子，其他犬類像是要催促媽媽跟上，也三三兩兩圍到巷口。媽媽跟上去時，大白狗已經走了一小段路，幸好牠的步伐並不快，媽媽稍微加快腳步就追上了。

大白狗選擇的路徑都是一些平常不會走進去的小巷弄，不然就是房屋後面的防火巷，因此看不到店家光鮮亮麗的門面，反而是有點雜亂的現實，錯落在外貌不一的住宅和到處停放的車輛間。彎彎曲曲的巷子在建築間隙蜿蜒，原本熟悉的社區街景也變得不太一樣。有時候鑽出巷子是每天會經過的地標，如果走大馬路一下子就可以到達，但經過小巷弄的鋪展，路途增加曲折，反而令人注意到從前沒發現的小細節。此時街上的人不多，幾戶人家門口養的狗，看到大白狗和媽媽經過都很和善。犬類大多睡在車子底下或牆邊，貓族則是趴在車頂或輕步在牆緣，彼此相安無事，和平共處。

大白狗停在一條後巷，不遠處一個男人坐在小板凳上，腳上穿著塑膠工作鞋，嘴角叼著的菸已快要熄滅。男人藉著從敞開的後門洩出的燈光正在把洗好的鍋子擦乾。看見大白狗，男人才放下鍋子很熱絡地摸牠，大白狗鼻子一直往男人臉上探，男人一邊笑一邊躲開，「好啦好啦，知道了。」一像在哄孩子。

男人把菸熄掉，向媽媽打招呼，媽媽這才看清楚原來他是自助餐老闆。因為從來沒有看過自助餐店後面的樣子，所以一時之間沒辦法認出來。

自助餐老闆把洗好的鍋子一一搬進去，才招呼媽媽和大白狗進屋裡。媽媽在大白狗後頭遲疑著。「妳都到這裡了，應該是有很多想知道的事吧。」自助餐老闆扶著門等候。媽媽決定鼓起勇氣，放膽試一次。既然是大白狗帶她來的，應該不會錯的。

從後門進來是自助餐店的廚房，店裡的歐巴桑們早就下班，剩下自助餐老闆獨自收拾。廚房比想像小，兩個大冰櫃就佔去一半的空間，另外一半是爐具和洗碗槽，中間只留下小小的走道。廚房裡忙起來時想必是擁擠不堪。

自助餐老闆帶他們從大冰櫃旁邊的階梯爬上二樓。樓上的空間比樓下店面窄一些，擺了兩張和店裡一樣的桌子，椅子也是從樓下拿上來的。除此之外，靠牆的鐵櫃裡幾乎是空的，另有一扇門通往另一個房間。從二樓房間望出去是自助餐店招牌，雖然招牌燈已經熄了但還是很搶眼，斗大的字體霸道地湊在窗前抹煞了周圍的景色。

自助餐老闆端了兩杯店裡平時免費提供的紅茶，不過已經不冰了。

「至少牠活著的時候都很開心，這都是妳的功勞。」

自從狗死了以後媽媽還沒來過自助餐店，自助餐老闆卻知道狗已經死了。媽媽想到老闆曾在店裡提過，他手上多出來的那根指節可以接收很多訊號，不過沒有人當一回事。自助餐老闆說的話常逗大家笑，但他總是一臉認真又怕被發現。

「你認識我的狗？」事情正在朝預料之外進行，謎題指向下一個謎題。媽媽隱約覺得自己沿著藏有真相的房間周圍轉，卻不得其門而入。

「牠在這裡住過一陣子。」自助餐老闆把眼前的紅茶一飲而盡，媽媽看他很渴，趕緊把自己那杯推到他前面，順勢又問。

「住多久？」

「牠失蹤多久？」自助餐老闆指著趴在桌子下面的大白狗，「這傢伙帶牠來的。」

「所以，狗失蹤那段時間住在這裡？」媽媽環顧二樓的空間。街上其他店家的招牌相繼熄滅，窗戶一角鑲著一枚月亮，對這個過度照明的城市來說起不了太大的作用。

「沒特別留牠，也沒趕牠走。反正這裡一向就讓大家進進出出的。牠來這裡幾天後，晚上開始跟我一起上街，把店裡剩下的食物拿到固定地點分給無家可歸的貓狗，」老闆忽然壓低音量，「這種事不能讓人家知道，不然會被罵，說我助長流浪動物造成環境問題。」老闆忍不住又大聲起來。「難道要叫牠們活活餓死嗎？幸好自己是做吃的，這樣一來也不會浪費食物。所以我都利用晚上偷偷餵大家。有一天晚上回程途中，我們在巷口分別後牠就回家了。再看到牠就是跟你一起來的時候。」

媽媽猶豫著要不要問自助餐老闆有關狗說話的事，但又怕不妥，她決定換個方式問。「狗……有沒有什麼不一樣的？」

「這個嘛……」自助餐老闆欲言又止，隨即搖頭，「食量、習性都很正常。真要說的話，就只有一點。牠不太習慣跟其他的同伴相處，我猜可能是跟人住在一起太久了，跟外面的同伴比起來還是有些不同。」

媽媽還問了許多，自助餐老闆都一一回答。從店裡出來時已經很晚了，大白狗護送媽媽到家門口，搖著大白尾巴離去。

18

深秋帶來惱人的豪雨，豐沛的水氣瀰漫在四周，揮之不去的黏膩和永無止息的雨聲成為街市的布景。

往常遇到這種天氣，為了帶狗出門做例行散步，都得趁著雨天的空檔，當然偶爾也會躲不過突如其來的驟雨。狗不喜歡穿雨衣，更不喜歡穿衣服，牠認為自己本來的樣子已經很體面了，媽媽也這樣覺得。狗身上除了紅色的牽繩聯繫在牠和媽媽之間，就沒有其他裝飾。

下過雨後，地上到處都是小水窪，散步時難免會把身上濺得髒兮兮的，但絲毫不影響散步的興致，「植物的氣味反而因為雨水的洗刷而更鮮明。」狗會這樣說。

狗去世一陣子了。

聽到窗外的雨聲，媽媽不自覺又想起以往的點點滴滴。沒有了狗，就毋需在雨天時還得出門散步。但失去狗的那份失落更像是在無處逃躲的大雨中，全身溼漉漉地直發抖。

狗吃飯、喝水用的碗仍放在家裡的角落。不過說來奇怪，碗裡的水不但每天減少，碗四周也常有濺出來的水，就像狗依然在家裡，口渴時便低頭一口一口舔著碗裡的水，然後把水弄得四周都是。

媽媽起先只察覺到這些微小的異狀。後來有一天，媽媽在廚房裡準備晚餐，當時窗外下著不大不小、窸窸窣窣的雨。還沒料理的食材擱置在冷冷的廚具上，比沒有生命更冷。媽媽望著流理檯前那扇小窗外灰色的天空，廚房裡因為沒有開燈而沉浸在更深更暗的灰色裡，只有遠處的天空隱約含蓄尚未用盡的日光。

突然，媽媽聽見狗的聲音。那僅僅是微乎其微的聲響，只有在經年累月的熟悉感下才能辨識得出來。狗每次在地上久臥後起身，總是先抖擻全身的毛，有時會拉長前肢伸懶腰，就是諸如此類的動作所發出的小聲響。

就是這樣的聲響。那一瞬間媽媽立即感知到狗的存在。

她放下手中的工作快步走到客廳。客廳當然是空蕩蕩的，可是那份存在的感覺卻如許真實，就像立在大雨滂沱的街道，儘管看不見半個人影，仍然能感受到無所不在的人的氣息。

不只如此，沉積在家中角落的棕色狗毛從來沒有減少，更別說沾附在衣服上的狗毛，一根一根分明地別在衣物的纖維上，這也是存在的證據。甚至有好幾次，媽媽在陽臺上晾衣服時，聽見狗的爪子踩在磨石子地上的聲音。

晚餐時，媽媽在餐桌下的腳感覺到狗走過去時輕輕的碰觸。

她陡然間坐直身體。

由於反應得太突然，隔著餐桌吃飯的爸爸將目光從電視上移開，疑或地盯著媽媽看。媽媽起先支吾，後來才忍不住告訴爸爸。

爸爸當然不會相信。他哼了一聲，「胡說八道！」又繼續扒飯吃。

或許對爸爸的忍耐已經累積至過度飽和，媽媽越來越不願意忍氣吞聲順從爸爸。她滔滔不絕說起各種異狀好證實狗真的存在。理智上她當然明白這是不可能的。畢竟是她親手擦拭狗僵硬的身體，把狗抱進那口小小的紙箱，到現在她還記得那份沒有重量的重量。狗變得輕如薄紙，一不小心會飄走似的。可是爸爸那種堅決否定的態度令媽媽十分憤怒。

「我就是感覺得到，不行嗎？」

「感覺？妳不知道感覺都是假的嗎？妳的感覺只會帶給妳不切實際的幻想。」爸爸說這話時直盯著電視，沒有看媽媽。

一直以來媽媽的感受總被輕易地忽略。她當然知道狗已經死了，可是她依舊感覺狗還在身邊，這難道不能是真的嗎？或者，她這樣小小的幻想也不能被尊重嗎？爸爸寧可相信電視上成天謊話連篇的言論，就像他自己也活在一個他不願意面對的謊言裡，那麼他憑什麼用那種輕蔑的語氣否定她。

「你才是這個家裡最不切實際的人！你視而不見其他人的感覺，你也忽略自己的感覺！」媽媽極力抗辯甚至反脣相譏，令爸爸難以招架，最後演變成一場沒有結果的爭吵。

「你最多只會感覺到肚子餓，再不然就是睏，連狗都不如！」

爸爸怒視著媽媽，想要找到尖銳的言辭替自己辯護，但媽媽不給爸爸機會把她的話打斷又繼續說下去。「兒子已經被學校退學好幾個月了，你到現在還沒有發現。他整天遊手好閒窩在房間裡，沒有人知道他到底在忙什麼？他想要做什麼？他像一隻寄生蟲躲在不見天日的角落，你卻一點感覺都沒有，這該怎麼解釋？只能說兒子會變成今天這樣都是跟你學的，否則就是你真的感覺麻木到無可救藥的地步！」她慢條斯理地把話說完。

「我不准你這樣說我兒子！」爸爸氣得重重放下碗筷。碗裡剩下的幾口飯跌在桌上。如果他們放開來對彼此大吼大叫或許還好些，可是他們都刻意壓低聲音不看著對方，以至於有些顫抖。電視機不斷放送的對話和音效填補了他們之間的空白，也使得這場爭吵更顯得極其荒謬。

「對，他是你兒子，不是我的。我是被你們領養回來的。你們缺一個媽媽，就去找一個回來。怪不得這個家裡沒有人真的把我當媽媽看待，但問題是你兒子有把你當成爸爸嗎？」

「不管怎樣，他都是我親生的。」爸爸無力地反擊，堅守最後的防線。

媽媽不再說什麼，起身拿起放在門口鞋櫃上的牽繩，手握著冰冷的門把。眼角的餘光瞥見兒子和女兒的鑰匙都在，想必剛剛那場針鋒相對的爭吵他們也聽見了。

這樣也好，有些事不透過這種方式是說不出口的。

「妳要去哪裡?」

「帶狗去散步。」

「妳瘋了,狗早就死了!」

爸爸的怒叱穿過厚重的大門,直到街上才被媽媽甩開。

帶有幾分涼意的街道矗立著各種巨大的廣告看板,閃爍著規律且奪目的光芒,取代了天空在夜間供給人們的明度,連嵌在建築物內部的萬家燈火相形之下都略顯昏黃。但也有僻靜之處能稍稍保留黑暗的原貌。

遲歸的人正在趕往回家的路上,一心一意想要趕緊躲回昏黃的家。

剛從家裡撤退出來的媽媽本能地想遠離嘈雜與擁擠,像隻受傷的動物尋找隱密的地方療傷。她不知不覺按照平常散步的路線,走到離家不遠的那座小公園。

在泛白的路燈映照下,小公園裡的樹木轉為更深的黯綠,濃濃地織成一道屏障。

小公園的設備很簡單。中央是一座小型溜冰場,旁邊有矮矮的溜滑梯,沿著溜冰場周圍是供休憩的長椅和金屬垃圾桶。在都市裡要保存自然的氛圍,難免一切都朝向更功能化的形態。小公園維護得十分用心,樹木修剪得很整齊,草地上只留下修剪過的植物,太多或太少都會被調整,也因此淡化了不少自然氣息。

此時公園裡的長椅大多被雨水淋溼。媽媽挑了其中一張長椅坐下，回想剛剛和爸爸發生的那場沒來由的爭吵。雖然只是簡短的幾句來往，卻足以把維持已久的平衡撕裂。

爸爸其實一直沒變。從結婚至今都是如此，沒有想要做得更好，也沒有要掩飾什麼缺點。讓媽媽害怕的是自己的改變。在她的身體裡還有另一個自己在蠢蠢欲動，迫不及待要掙脫過去加諸於自己的束縛，但同時也大肆破壞了自己和原本的生活。

如果說這就是斬斷她和狗之間聯繫的原因呢？但是狗已經死了，要追查出真相這下子更不可能。

或許她內心刻意要造成這樣的局面也說不定？只要把一切都打碎，就不用再假裝看不見眼前密密麻麻的裂痕。

寧可活生生地站在瓦礫堆上刺痛雙腳，也不願意繼續承擔隨時會倒塌的憂慮。那個她剛剛逃離出來的家，在她身後應聲倒下，從今以後若沒有可以躲藏的棲身之處也不能責怪任何人，因為是她自己造成的。

自從狗停止和媽媽說話後，媽媽的生活被推上了陌生的軌道，加速駛離熟悉的風景，有時候她甚至覺得這是狗刻意安排的。

難道，連死亡也在狗自己的預料中嗎？

天空灑下如狗毛一般柔細的雨絲，沾附在身上微微發亮。雨下多了，寒意也隨之來襲。空氣中的溫度下降，每吸一口氣，都能明確感覺冷空氣進入肺部讓胸腔鼓脹起來，然後好不容易溫暖後，又被擠壓出身體外。幾次以後，身體的溫度也跟著下降。

匆忙出門之際沒有帶傘，也沒有多帶衣物保暖，媽媽只得找地方躲雨。

穿過溜冰場後方的樹叢有一條小迴廊，有許多狗在此。

不過讓狗群們聚集的主要原因，恐怕是迴廊底端的自助餐老闆。媽媽這次一下子就認出他來。

穿著橡膠工作鞋，腳邊的藍色水桶裝滿要給狗群吃的食物，大大小小的狗圍繞在身旁，忙於應付狗群的自助餐老闆一時間沒注意到媽媽。

如果媽媽沒看錯，自助餐老闆似乎在和身旁的狗群說話。雖然乍看之下像在自言自語，內容也只是稀鬆平常的寒暄，但氣氛上透露著十足的信任與愉悅。就像過去媽媽和狗說話時的模樣。其他吃飽的狗散聚在各個角落休息，也有一吃完就走掉的。老闆親切地招呼大家，微笑時眼角會擠出兩道深深的紋，不過卻不會讓人聯想到年老。

她現在內心的處境，猶如在街頭流浪的狗。她安慰自己，過一段時日就能像流浪狗一般學會享受自由的生活，當然她也沒忘記牠們被飢餓、寒冷、疾病所苦是何等無助。這一點世上所有的生靈皆無異。

當痛苦降臨在肉體，所有的氣力都使出來對抗那股將要讓身體崩解的疼痛，這時候靈魂就只能退守到黑暗的深處靜靜沉睡。雙眼即使在某些瞬間綻放光芒，也是為了緊抓住生之繩索，不要跌落到幽暗的山谷裡。

在生命盡頭那樣漫長的掙扎，伴隨混濁微弱的呼吸聲，那是比靈魂更深沉的力量。動物們保留了這份力量，也坦然地運用這份力量。

媽媽站在一旁看了好一會兒。上次遇見過的大白狗靠過來嗅聞，媽媽伸手輕拍牠的頭，摸摸牠的耳朵。大白狗舉起漂亮的尾巴擺動，又跑回自助餐老闆的身邊，似乎對他說了什麼，他這才察覺媽媽也來了。

自助餐老闆有些難為情，一副做錯事的窘樣，完全不見他在店裡時侃侃而談的神情。而媽媽臨時從家裡出來，又淋了雨，看起來想必也很狼狽。他們彼此簡單地打招呼，等雨勢變小後就各自離開。

19

媽媽拖著一身的疲倦到青光眼的工作室時，他剛結束一天的工作進度，洗完澡換上輕鬆的衣服。開門時，他身上散發出的香皂氣味，暖暖地洋溢在皮膚表層，使媽媽整晚緊繃的心情也放鬆下來。

青光眼泡了一杯熱茶。媽媽將茶杯握在手心，這才發現雙手在秋夜細雨中變得如此冰冷。她屈身在沙發上，啜飲滾燙的熱茶。

晚上在小公園遇見狗群圍繞著自助餐老闆的景象，總讓媽媽覺得有什麼祕密在其中。有時會為了爭奪食物而大打出手的狗群，在自助餐老闆的引領下和諧地圍聚在一起。自助餐老闆似乎被理所當然地當成同類接受，並且以一種不帶權威的領導力，妥善地安排大家而得到信任。仔細一想，除了在用餐時間的自助餐店，每次遇見自助餐老闆時，他身邊總是有犬類出沒。記得沒錯的話，自助餐老闆說他比別人多一根手指頭，可以知道許多肉眼看不見的事情。印象中不只一次看到他和狗說話，雖然也許只是喃喃自語，但如果是真正的交談呢？

別人也許很難相信這種異想天開的假設，對媽媽來說卻不這麼難以置信。畢竟她自己也曾有一段時間擁有和狗交談的能力。而讓生活發生變動的肇端，都可說是自那份能力消失後開始的。

媽媽的身體已經累得無法動彈，思路卻還很活躍，一個接一個想法輪番浮現，可惜都無法跨越橫亙在眼前那堵用祕密堆砌成的高牆。

她和衣躺在青光眼身邊，同時聞到青光眼身上香皂的味道和自己身上雨、泥土的味道。

直到青光眼用緩慢的語氣說著一些無關緊要的回憶瑣事，媽媽的思路才逐漸緩和下來，放心讓青光眼帶她飄渡到遠離這一切的祕境。

青光眼的回憶和他身上的香皂氣味一樣溫暖潔淨。

「斷奶後就是外婆帶大的，每天跟在外婆身邊。和其他孩子比起來，我跟外婆最親近，自然而然也對外婆有很深的依賴。雖然和外婆住在一起，但不會因此覺得自己是外婆唯一疼愛的孩子。外婆並不會一味溺愛孩子，相反地，她比爸媽更有原則。適當的處罰和適量的勞動，生活上很多小常規都得按規矩來。幼稚園結業後，直接進入住家附近的小學就讀。那是一間頗具年分的學校。校門口的花圃裡有許多水泥砌成的動物雕像：握著拳頭的猩猩、準備往前跳躍的兔子、嘴巴張得大大的獅子、還有河馬之類的。其中我最喜歡長頸鹿雕像。在那裡面，只有長頸鹿是一對親子。高高的長頸鹿媽媽探向樹間，長頸鹿寶寶依偎在旁邊。下課時間，我和同學常常衝到花圃那兒玩耍，在動物間穿梭來去，也漸漸轉移對陌生環境的不安。有一天放學，我一個人到花圃裡玩，一心想趁著其他人都回家，不會有人來跟我搶的大好機會，試試看爬到長頸鹿背上能不能看得更遠。長頸鹿媽媽的高度對一年級的我來說，真的相當高大。所以我打算先爬到長頸鹿寶寶背上就好。我把書包卸下，靠在長頸鹿媽媽的腳邊，手腳並用抓住長頸鹿寶寶細細的腳。可是水泥雕像實在太光滑了，試了好幾次都沒辦法翻到背上去。後來我決定從後方抓住長頸鹿的尾巴來施力。流了好多汗，終於騎到長頸鹿的背上。整個雕像比我想像中龐大，不只雙腳騰空離地面很遠，連雙腿想要穩穩地夾住保持平衡都有困難。當時心裡有點害怕，又帶著想要炫耀的心情四處張望，緊接著慘劇就發生了。我從長頸鹿背上重重地摔下來。躺在地上全身劇痛。過了好久，外婆才終於在花圃裡找到我。因為跌下來時剛好撞上石頭，傷勢不輕，內臟受了傷，在醫院住了大約兩個禮拜。當時到底有多痛，現在已經想不太起來，只記得外婆日夜守在醫院陪我的樣子。出院後，又在家療養了好長一段時間。等到完全康復時，學校的課業已經完全落後，只好等下個學期再重新開始。」

儘管媽媽已經睡著了，青光眼仍然繼續說下去，彷彿在透過自己的聲音確認記憶的位置。

「回到學校，我比班上的同學都大了一歲，對年紀這麼小的孩子來說，一年時間的成長與轉變是非常大的。即使沒有刻意去想，在班上就是顯得格格不入。這樣差一點點的小裂縫就一直延續到後來。我不再是班上那個會主動表現自己的學生，反而會悄悄把自己隱藏起來，就像動物在森林裡藏身在樹葉叢間。我坐在教室最後一排，安安靜靜地。直到升上三年級，換了新班級和新老師。

我在班上負責的打掃工作是擦窗戶。這個工作很簡單，一下子就能完成了。反正也沒事做，於是我向老師主動提議，自願整理教室的盆栽。那位老師和之前的老師不太一樣，以老師這個職業來說算是話不多，甚至有點沉默寡言。只要學生不調皮搗蛋，他就靜靜在辦公桌前批改作業，對於我的要求，老師淡淡地答應了，也沒多問。於是我開始著手照顧盆栽，先把枯掉的枝葉拔掉，然後向外婆要了一些蔬菜種子種在土裡，還用小樹枝搭了籬笆來保護剛播下的種子。在全班的期待下，盆栽裡長出了白菜和空心菜。鮮嫩的菜葉看起來很可口，連老師都嚇了一跳會有這樣的成果。但不管同學們喜不喜歡，從什麼都沒有的土裡冒出芽，拚命吸收複雜的養分越長越高，植物生長的過程本身就令我著迷。以前在家裡雖然會幫忙外婆照顧植物，但這是我第一次獨立完成，感覺好極了。或許就是在那時種下了我對自然的嚮往吧，注定要被吸引，所以才會在好不容易逮住機會時就跑去森林旅行……」

青光眼的話音漸漸將媽媽帶入夢境，只剩下他的手指爬梳著媽媽的頭髮。媽媽躺臥的姿勢猶如置身一艘狹窄的小船，正沿著河道漂向未知的叢林裡。

那一夜，媽媽夢見家中的電話響了。拿起聽筒後，傳來的是狗的聲音。

「妳什麼時候才要來接我啊，媽媽？」狗的語氣略帶責備，但沒有太多異常。

媽媽一時之間感到困惑，她以為狗已經死了。一直這樣以為。
原來狗好端端地在醫院裡，媽媽卻忘了接牠回來，還自顧自地在家難過著。
這下子糟糕了，居然把狗留在醫院這麼久，怪不得牠會打電話來抱怨。媽媽拚命道歉，趕緊出門去接狗回家。
到這裡，媽媽就醒來了。
窗戶被風搖動發出喀喀聲，意識也慢慢被搖開。媽媽知道那是夢，知道青光眼還沒醒來，也想起昨天發生的事，想起自己是如何狼狽地來到這裡過夜。
青光眼沒有問她為什麼，只是打開門讓她留下來，睡著前對她說了許多話，和外婆有關。
媽媽不知道現在幾點了。起來看時鐘時已經完全清醒。
這個時候爸爸應該已經坐在辦公室裡處理那些他成天抱怨的公文。雖然昨天負氣從家裡離開，但媽媽還是想回去整頓一下，再想想以後的事。
回家梳洗了一下後，媽媽立刻前往健身中心。來到這裡，可以讓混亂的頭腦回到靜止的狀態，讓謎團般的物質暫時先沉澱下來。
白天時的健身中心人不多，從落地窗照射進來的柔和天光取代了夜間光彩奪目的霓虹燈。櫃檯人員似乎玩到通宵直接來上班，懶洋洋的問候讓時間和聲音都放鬆下來。

許久沒有活動身體的媽媽閉目盤腿坐在瑜伽教室裡，在教練和緩的指示下先從深沉的呼吸開始，身體冰冷的零件從內部一一被啟動，產生溫度。不過沉默太久的肌肉與關節，在接下來一個接一個的伸展動作中發出哀嚎。身體是需要時時被照顧的，否則就會用它們的方式反擊。

為了做到身體的極限，媽媽的呼吸越來越凌亂，好幾次重心不穩差點跌倒。教練這時候依然用耐心平靜的語氣提示每個步驟的要領，越是已經熟練的動作越要按照順序完成。

如何先把身體端正，如何放鬆，如何扭轉與用力並且握住內在的力量，仔仔細細地聽見身體要傳遞的訊息。意念是幫助自己更進一步的要訣，但意念有時也會阻礙前進，肉體和意念必須互相撞擊、拉扯，才能將彼此帶到更深處。所以這時候絕不能省略任何一個路徑，即使是最簡單的一道開關都不能跳過。把它們確實地打開來才能讓一切流通順暢。

血液流過肌肉和關節，全身的機能整體活絡起來，相互連結溝通，熱能移轉至表層凝結成汗珠順著皮膚流下來。由於專注地運作這項工程，心靈不知不覺靜下來，原本外在喧騰的音樂聲也從聽覺中被剔除。

不久前，幾次做完瑜伽後靜躺休息時，出奇不意來襲的神祕之吻不知從何時開始停止了。也許哪一天又會突然出現襲擊，但至少已經有好長一段時間消聲匿跡。

這段期間，周遭的世界被手足無措地激烈搖晃。雖然只是小小的、幾乎無感的吻，卻像一把強大的鐵鎚將厚重的岩石鑿開，敲開沉睡已久的慾望，和血液一起在皮膚之下流淌，期待找到出口。

不論是和爸爸之間的變化，或是與青光眼在某個無形的部分更加緊密，媽媽驚覺自己在心中竟悄悄期待再次被神祕的吻襲擊。

她渴望一探究竟，到底在前方還有什麼正準備考驗她？

媽媽站在淋浴間，任水流自頭頂沖刷而下，流過身體的每一寸皮膚，張開每一個敏銳的毛孔。嘩啦嘩啦的水流迅速地排進下水道，經過埋在地底的管道，穿越層層關卡，最後回到海洋中。每一件事物總要回到最根源，才能在行徑中窺得全貌，得以再次重新出發。意識到這點後，媽媽思索著手中握著的每一條線，那些線的另一端又是綁在哪裡呢？她有必要沿著繩線找到出發的起點，回去看看。

20

儘管氣象預報當日會有沙塵暴，媽媽還是決定前往山中那座變形的社區。狗是在那裡出生的，直覺告訴媽媽，那裡是個該回去看看的地方。

一路上，天空的能見度很差。從遙遠的大漠吹來的沙礫漫天飛舞，遠一點的大樓幾乎要消失在無數的砂礫帷幕後，就連堵在馬路上的車陣都染上古代商賈的行旅氣息。人們掩口摀鼻，瞇著眼睛，粗糙的狂風盡情搔颳整座城市。

在車陣中的媽媽看著天空，想到小時候常見到的半球形聖誕禮品，只要輕輕搖晃，玻璃罩裡的世界就會下起亮晶晶的白色雪花。只不過，在現實這個巨大的世界布景裡裝滿了無數的砂礫，搖啊搖的停不下來。世界的開關到底藏在哪裡呢？

萬一那個開關已經隨著狗的死去而不存在，那麼造成四分五裂的搖晃不就永遠不會停止了？

窗外的景色越來越多綠意，車子終於離開繁忙的路段駛進山區，夾道的山壁緩緩推開前方的道路，後方的路徑則吞沒在無邊無際的沙塵中。

被沙塵暴籠罩的世界更顯得靜默，時間不急著要往哪裡去，甚至不在意有沒有前進。反正這裡和那裡已經沒有什麼不同，除非能找到失落的開關。

媽媽隨行把狗的牽繩帶上，放在駕駛座旁。紅色的牽繩在經過這麼多年的使用後，顏色已經褪得很淺。也不知道帶來可以做什麼，但出門時直覺地拿在手上，好像從前散步那樣。

下車後，挾帶沙塵的乾燥空氣一波波吹著，皮膚被砂礫覆蓋，黏膩的觸感遍布全身。空氣中蘊含某種不滿的壓力，化成張牙舞爪的手，把媽媽的頭髮撩動得亂糟糟的，另有一隻手則摀住耳朵，使聲音不清晰地流過。

媽媽循著上次的路線找到了那棟頹圮的空屋，三隻黑狗依然盤踞在門口的階梯，不同的是大白狗也在其中。

帶領媽媽穿過大街小巷找到自助餐老闆的大白狗，為什麼會出現在這裡？媽媽覺得很驚訝。這裡距離自助餐店相當遠，不是腳程能隨便到達的距離。

上一次媽媽和狗來這裡時曾遇見自助餐老闆，說不定大白狗是跟他一起來的，媽媽猜測。

媽媽走進空屋裡，大白狗尾隨在後。屋內的雜草看不出來是不是比之前高，或是比之前更蓬勃。從破掉的窗戶吹進更多塵埃，許多曾經的痕跡就在無心之下被掩蓋。

最裡面的小房間還是和上次看到時一模一樣，有些塵埃堆積得較厚的地方被留下犬類的足跡，是這裡唯一繼續更新的痕跡。媽媽站在房門口好一會兒沒有踏進去，深怕打擾裡頭的寧靜。那裡面曾有過的紛亂、變動，現在都確定成一種安詳的形狀，不打算被忘記，也不打算改變。

大白狗用溼溼的鼻頭輕觸媽媽，和狗從前一樣，牠溫和堅定的眼神正在傳送訊息給媽媽。這個眼神媽媽記得。那一夜，媽媽就是在大白狗的引領下才得知狗失蹤那段時間的去處，所以這次毫不猶豫地便跟著大白狗走。

屋前的街道在盡頭處筆直地朝山路而去，周圍的野生植物越來越茂盛，不過若和後方山裡的樹木相比，這裡的植物仍算年輕，看來是在一段密集開墾又被荒廢後，好不容易喘口氣生成的野地。也可能是因為持續被使用著，遺留下的便道依然光禿禿的。沒多久，兩個從山上健行歸程的人從反方向走來，更加應證這樣的推斷。健行的人親切地向媽媽微笑打招呼。

大白狗一路走在前方，白色的身影很醒目，特別是隨牠走路高高擎起搖晃的白色尾巴，像依偎在河岸的蘆葦一樣款擺。

雖然只是短短的路程，山路不知不覺順著地勢蜿蜒，再回頭已經看不見社區的街道了。逐漸代替的是斑駁的長方形灰色建築物。體積不大，沒有特色，只有一層樓，根本像是故意蹲在樹林裡不想被發現的模樣。

深深的灰色彷彿許久以前下了一場大雨，讓這棟水泥建物的顏色變得更沉著，之後就沒再恢復，甚至在外牆繁衍出潮溼的綠色生命，使得這座建物猶如一顆剛剛發芽的種子。

沿著牆角堆置了一些機具零件，都是不完整且零星的，看得出來在歷經長年耗損後，又遭受長久的風吹雨淋，使得功能都喪失了。媽媽猜想這是一座廢棄的小工廠，只是不知道被用來製造什麼。當然，生命力旺盛的植物沒有放過任何機會，大大方方地從那些機件的孔洞伸出柔軟的枝枒，高一些的牆面爬布著青苔，為建物裝飾出紋路。

建物本身的門原本就開著一道空隙，大白狗逕自走進沒有上鎖的外院大門，經過小小的中庭。媽媽跟在大白狗後面推開門，她的直覺已事先提醒她將看到什麼，果然不出所料。

建物的內部除了天花板上懸吊著整齊的日光燈座和電扇的痕跡，原先屬於生產用的機具和物器一件也沒有留下來。牆上的油漆已經剝落得無法辨識顏色。高處的氣窗任天光在地上打出一方方的光區，在廠房的中央連續排列出一串有如電影膠捲式的敘事空格，只是格內幾乎留白，僅有少數幾處投射下植物的影子。

空蕩蕩的廠房內除了空氣和光交織的靜謐，其餘就是狗群了，較之公園裡聚集的數量更多。牠們或坐臥或蹲踞，像在等待空襲結束的難民，紛紛對媽媽的進入採取警覺。幾隻健壯的狗立即站起來，一面繞著大圈子接近媽媽，一面觀察情勢考慮是否該更靠近。

大白狗走入狗群中，收肅起剛剛的抖擻，尾巴不再神采奕奕地搖晃，轉而安定地舉著，同時用鼻頭輕抵同伴們，像個使者要把帶回來的新信息告訴大家。

健壯的狗緩緩靠近媽媽，透過氣味確認她的內容。

媽媽攤開掌心以示友善，如果這算得上是一種溝通的話。

可惜她沒有敏銳的鼻子可以像狗一樣洞悉事物背後的意涵，但至少她能盡力遞送善意的訊息讓牠們知道。儘管這個被人類霸佔的世界所散發出的惡意強烈得多，無論如何洗滌曝曬都無法在短時間內消除，媽媽還是想透露自身最大的意念給這群避居在此的生命。

過一會兒，警戒的氣氛漸漸降低，圍攏的氣勢鬆散開來。

媽媽小心翼翼地往裡面走，狗群的數量實際上比乍看之下還要多。

在更角落，有瘦弱的狗、老邁的狗、曾被暴力對待留下痕跡的狗、全身感染而皮膚潰爛的狗、體質不良的幼犬以及牠們過度生產的母親、脖子上還戴著項圈的狗。

牠們望向媽媽的眼神只有恐懼沒有仇恨，只有想要保護自己的生命所產生的小小驚慌。不過至少牠們是自由的。此處沒有籠子或束縛牠們的工具，牠們依照本身的意願棲息於此。

環視這些狗群，可以想見有些狗再過不久就會死去，特別是寒冬將帶來更嚴酷的考驗，或者因為牠們原先已有的病痛傷殘。但牠們被一股隱形的力量包圍，承擔彼此的生老病死，共同經歷每一個分子曾經歷過的遭遇。

在這片小樹林之外的沙塵暴挾帶殘餘的威力拍打著氣窗，但無法造成一絲一毫的動搖。媽媽意識到這裡唯一懷有悲傷之意的只有自己，那份由衷生發的情感或許是因為被眼前的景象所觸發，接續在其後的有幽幽長長的畫面，被刻意蒙上厚厚的塵土：關於生病的記憶、關於太早離去的母親、求學時的男友，以及她不知如何歸類的青光眼，還有爸爸和子女間冷漠的親情。這些片段緊緊串聯在一起，像一條褪色的項圈套在脖子上，無論怎麼掙扎都沒辦法卸下。

風暴在腦海裡不斷地翻湧波動，讓意識更加混濁並且瀕臨淹沒，風暴帶來的砂礫不斷堆積，腳下的地面彷彿變成鬆軟的流沙，身體就快要下沉到深深的地底黑暗中。悲傷使媽媽全部的身體僵化成同一種物質，只剩下一種感覺⋯⋯。

「媽媽。」她聽見狗在呼喊她，但聲音很快就停止了。那說不定只是想像，媽媽對自己說。

「媽媽。」是男人的聲音。「抱歉不知道要怎麼稱呼，妳的狗總是這樣提起妳。」自助餐老闆有些羞赧地站在身後的門口。

「牠跟你提起我？」媽媽轉過身。

「嗯。」自助餐老闆猶豫了一下才肯定地回答。媽媽沒有追問下去，一切都再明白不過了。

自助餐老闆一面開始分發帶來的食物給狗群，「我從前在這間工廠工作。只是工廠裡一個沒什麼了不起的員工，每天在這裡製造不怎麼管用的鑰匙和鎖，一大批一大批運到各地販賣。後來工廠的主人年紀大了，把生意交給第二代接管，年輕人想要徹徹底底幹一番大事業，多賺一點錢，所以把工廠連根拔起搬到工資比較便宜的國家去，好製造更多鑰匙和鎖，然後運到各地賣給大家，把東西通通鎖起來。我在工廠做了好幾年，被辭退前已經升上幹部。但如果跟更大筆的錢做比較，還是得和這座舊廠房一起被捨棄。這些事都非常合理。之後試過很多工作，最後就開了自助餐店，我很滿意。有一回在報上看到前面社區發生的事件，居民和建商起了很多糾紛。這邊會出問題，大家老早就心知肚明了，只是沒發生什麼悲劇出幾條人命，就不會當一回事。那一次社區後方的山坡地坍方，突然一口氣洩下了大量的泥沙石塊，把擋土牆整個推倒，沖進房子裡。簡直就像山老大突然一屁股坐在房子上，當然只有被壓扁的分。受波及的那幾戶幾乎半邊房子全毀，還有上年紀的老人家躺在床上直接就被成噸的泥土覆蓋，沒有活過來。幸好這裡很多房子是有錢人買來投資，平常空著沒人住，才沒有出更多人命。得到賠償金之後，他們又可以拿著錢到別處去投資。事情平息後，我回來這裡，想看看工廠是不是還在。當時已經有一些流浪狗躲在這裡。那次之後，我就固定帶吃的來，不然以周圍的環境，牠們根本找不到足夠的食物。當然，一樣是悄悄進行，否則社區的人恐怕會不高興。」

帶來的食物全部分完，狗群們圍聚分食。比較衰弱的狗，自助餐老闆則單獨分給牠們吃。

大白狗沒有加入大家而靜坐在一旁。

「牠幫了很大的忙，」大白狗知道自助餐老闆在說牠，搖了搖尾巴。「遇到沒辦法溝通的狗就靠牠從中協調，並不是每隻狗都能和人交談，有些狗還沒有充分的信任感，而使得語言不能產生作用。妳的狗從妳身上得到很多的安全感，所以牠在溝通方面完全沒有阻礙，和牠說話相當愉快。牠真的是很特別的狗，很健談。狗跟人一樣，有些只會談論天氣和吃飯問題，有些則會花更多心思觀察事物。」

媽媽不作聲，腦袋裡正在消化一下子堆在眼前的新狀況。

「這個，多了一截也跟著多了點什麼……」自助餐老闆舉起他多了一根指節的手，「但也不是所有動物說話我都聽得懂，能真正說上話的是一些想要說話的狗，換句話說，是擁有強烈溝通慾望的狗朋友。至於貓，我曾經試過，不過貓族對人類的依賴比較低，所以始終沒有發展出可以溝通的話語。其實飼養貓狗的人，或多或少可以建立起溝通的模式，一些簡單的語調、肢體動作，甚至眼神，雖然還不到語言的程度卻可以讀懂彼此的心意。不過很少能做到雙向的交談，但還是有極少數的案例，我就是其中一個。曾經引起不少麻煩，所以現在盡可能隱藏。」

「有好幾次我看到你在店門口跟狗說話，那是真的？」

「是真的。」

「所以那時候牠還可以說話？但為什麼卻不跟我說話了？」

「這種溝通能力對人和狗來說都不是自己選擇，也不知道什麼時候會突然降臨，就是慢慢擁有了。唯一可以確定的是當身體力氣逐漸衰退，溝通能力也會跟著下降。狗那時候已經沒辦法跟妳說話是真的，光是腦子裡要保持清醒都得耗費相當多的力氣。」

狗在最後那段日子確實虛弱不堪，行走與站立都讓牠筋疲力盡，眼神也越來越空泛無法聚焦。但牠還是很溫馴，摸起來很舒服，媽媽記得。

「小巷子的朋友們帶牠來的時候腦袋已經有點不靈活，經常迷迷糊糊的。牠自己也知道快不行，身體是自己的，這種事不需要旁人說。腦袋比身體先停止運作，或許是為了替自己減少一點面對臨終的尷尬吧。當然牠大部分時間作為一條狗還是清醒的，聊天時老是提到媽媽，我想那應該就是妳了。牠說了很多跟妳有關的事，也有牠擔心的事。」

「我讓狗擔心了……」想到自己居然讓狗一直掛心，媽媽面有愧色與不忍。

「大多數的狗可以感受主人每天的心情，也會替主人擔心。也因此越來越多狗生病。人類的生活不改善，牠們就跟著遭殃。」

「牠還跟你說了什麼嗎？」

自助餐老闆動手整理大家吃完的碗，確認大家都吃飽了，沒有被遺漏。

「這個嘛……牠說妳好像在找什麼東西，是嗎？」自助餐老闆反問媽媽。

媽媽聳肩，最近並沒有弄丟東西或者尋找甚麼。

「牠是這樣說的，妳也曉得牠有時就愛故弄玄虛。」

東西收好後，自助餐老闆坐到門口點了一支菸，大白狗坐在旁邊陪伴。他們都瞇著眼睛，媽媽記得狗想事情的時候也會瞇著眼睛，不知道她自己是不是也會？還有，她的臉孔有沒有變得更歪斜？沒有人提醒她之後，常常會忘記這些事。

回程時，天色稍稍轉暗，沙塵暴的風力雖減弱，灰頭土臉的市容也已疲態畢露。人們內心焦急地等待下班的時刻，個個無語地停在路口，又急急忙忙地趕路。車陣的速度慢下來，沒有人想把車窗搖下來免得呼吸到骯髒的空氣。

媽媽擔心來不及在晚飯前趕回家，這是她唯一想到該做的，現在卻可能被困在車陣中而無法做到。

爸爸今天下班回到家時會發現沒有人在家等他，電視機前沒有晚飯，也不知道何時會有人回來。媽媽驚訝於自己居然會因此不安。

暮色中，狗的項圈的顏色好像變得更淺更淡了。

21

回家時，剛過傍晚七點。雖然馬路上都是返家的車潮，但住家附近的小巷弄卻冷冷清清。大概人人都趕緊躲回家休息，這種疲倦的時刻誰也不想在外面逗留。路燈慘白依舊，哪戶人家還是空蕩蕩的沒被人氣填滿，一眼就能被看穿，黑壓壓的窗戶像被挖掉眼珠的窟窿。

媽媽走到巷口抬眼一望，家裡仍是漆黑一片。

平常這時候爸爸應該早回到家了，今天這時候卻還沒回來。

還是說爸爸回來後見到家裡沒有人，又出門了？

媽媽心中狐疑著轉開門把，清脆的喀嚓聲切入室內，在空寂的家中敲進一點光線。媽媽把鑰匙和狗的牽繩放回往常的位置，進房間換下衣服。這個住慣的家默默散發異樣的陌生。但是傢俱擺設明明沒有不同，傍晚時街燈從窗戶灑進來的方式，大理石地板的溫度，牆壁另一邊鄰居傳來的談話。

一切如常。

冰箱裡面剩下的食物不多。兒子女兒都吃外食，喝買回來的飲料，爸爸等著吃媽媽端上桌的食物，每天會打開冰箱的只剩下媽媽了吧。媽媽拿出冷凍庫裡兩尾虱目魚出來解凍，打算煮湯麵。兩條存放在冷凍庫裡的虱目魚因為擠壓變得不只僵硬，且扭曲，好像即使在冷凍庫裡都不放過彼此地扭打，最後還是被低溫的霜緊緊黏在一起。

兩尾魚擱在碗裡，讓室溫化解冰冷的狀態，順便看看能不能讓牠們合好。媽媽又趁著夜晚的溼露還沒讓晾乾的衣服受潮前，趕緊先把衣服收進屋。再看看時鐘，才剛過了七點半。靜悄悄的家裡讓時間行進得比想像中緩慢，只有秒針喀喀喀，誇張地絞動齒輪，過分高估自己的存在感。

電視機一打開，嘩啦嘩啦的聲音宣洩而出，這才終於感到屋裡恢復些正常。好像只要電視開著就代表爸爸在家。

記者用一慣的語氣播報新聞，從國內到國外，從大事到小事。不。應該說，在那種語氣之下，任何事都成了大事，又在千篇一律的操縱手法中，任何大事也都成了茶餘飯後的小事。媽媽不知不覺也和爸爸一樣，不住地轉臺，但看來看去都是同樣幾則事件。昨天，今天，明天。只是換了地點和名字，龐大的重覆在每戶人家的電視裡播放，所傳達的規律性是否也是維持幸福的方式？連續轉了幾臺，用相同的手法疊出來的世界變成一座迷宮，走來走去都會回到同樣的地方，但那個地方卻已經不是起點。

還是說，這裡就是起點。這裡就是終點。

實在不應該發明遙控器的，讓賴在沙發上的人任性地轉臺，永遠無法被滿足。也實在不應該發明汽車，讓安居樂業的人到處跑來跑去，發現世界是一座複製出來的迷宮。媽媽放下遙控器，電視繼續聒噪。

廚房裡的兩尾魚滲出許多水在碗裡，恢復常溫的魚肉變得柔軟。除去魚鱗的銀白色身軀，失去保護的樣子摸起來更光滑。而魚身裡包覆的黑色魚肚藏匿著一身的祕密。

媽媽煮了魚湯麵，清清淡淡的，帶點薑片的辛辣。

婚前一個人開伙時，常常就這樣打發一餐。虱目魚的刺多又細，常常挑了老半天，一口吃下去時還是給魚刺扎到。兒子和女兒都嫌麻煩不愛吃，婚後就少煮了。但她記得從前一人默默坐在餐桌前，把魚刺一根根挑起，時間也如同魚身般滑溜而過。

電視已經從新聞節目播放到其他談話性節目。時鐘喀喀喀用力地繞了好幾圈，爸爸還沒回家。

想不透爸爸還能去哪裡？這些年來他待慣了家裡，應酬聚會越來越少，下班後直接回家坐在電視機前是他最滿意的人生。

不回家要去哪裡，爸爸總是這樣說。

餐桌上的兩碗麵已經涼了，白色的麵條和白色的魚漸漸失去光澤，甚至看起來有些灰灰的。吸滿湯水的麵條過分腫脹，擠在碗裡呈團塊。湯水所剩無幾。媽媽本來就不餓，現在更沒有食慾。兩碗麵像供桌上的祭品用來祭拜無形的神靈，也在某種停滯的期待下，食物的水分、色澤、香味還真的被品嚐殆盡，只留下空空的軀體被蠅蟲啃蝕。

深夜節目的內容尺度越來越大膽，互嗆謾罵、吹捧調笑輪番上陣，大概是知道此時電視前的觀眾都已經疲倦不堪，面目鬆垮，才更要加足火力煽動。

媽媽好久沒這樣什麼事都不做的徹夜看電視，以前大概是討厭爸爸這樣吧，就算閒下來也決不會用這種方式打發時間。媽媽此刻卻陷在沙發裡，像被鬆掉螺絲釘的機器人。電視裡的人倒是一個比一個靈活。

喀嚓。門開了。但是沒有人立刻走進來。

過了好久，其實只是幾秒鐘的好久，聽見皮鞋踩在門口的聲音，聽見衣服窸窸窣窣的聲音，還有，聽見沉重的鼻息。空氣很吃力地擦過鼻腔，經過生鏽的零件，呼呼地被震動。爸爸通常在睡得很沉時，才會發出這種聲音。

爸爸進門時看見媽媽，並沒有露出絲毫驚訝。看來他並不知道媽媽很晚才回家，甚至有可能不打算回家。反而是媽媽的表情很尷尬，一副做了見不得光的事被逮著。爸爸一點也不在意媽媽，把鞋子脫下踢到一邊算是示威，鑰匙粗魯地丟在鞋櫃上發出好大的聲音，身上散發陣陣酒味，但沒有喝醉，至少走路沒有歪斜。

爸爸自己去喝酒嗎？媽媽沒問。

想到爸爸一個人在小吃店配著小菜喝酒，或是到什麼奇怪的店跟不認識的人聊天喝酒，就覺得做作得好笑。

「吃過了嗎？」媽媽突然想起自己坐在客廳等爸爸的目的。

爸爸鬆開上衣的鈕釦，露出衣服下微微發紅的皮膚，他的額頭也滲出一些汗珠，天氣應該沒這麼熱才對，還是他真的喝了不少酒，酒精正在發揮作用？爸爸沒看著媽媽，看著電視。爸爸持續盯著電視，呼出帶有酒氣的濃濃氣味。混濁的鼻息聽起來像是在岸上拍打魚鰭，僅存一點點微弱的力量在掙扎的魚。

「我剛跟別的女人幹砲回來，連澡都沒洗，我身上還有精液和香水的味道。」爸爸放縱地笑。

「你喝醉了嗎？」

「我沒有。妳不要裝做沒聽見我說的話。」爸爸上身往前傾，酒味撲到媽媽臉上。

這次換媽媽撇過頭，「你累了。」

「夠了，」爸爸突然大聲斥喝，「妳每次都這樣，好顯得妳是溫柔體貼的好太太。那好，我要妳從明天起每天都跪在門口迎接我，妳也會照辦嗎？」爸爸再度往前，右手用力抓著媽媽的膝蓋，媽媽站起來甩開。

「你瘋了。」

爸爸從沙發上滑落，跪坐在地上低著頭，沉默好久。

好像在哭。

但媽媽不想轉過去確認，她不想看到爸爸哭的樣子。

「一直活在謊言中才真的要把我逼瘋了，我甚至不確定我愛不愛妳。每天下班回來妳都在家，把家裡整理得好好的，妳不曉得我看了有多煩。妳菜做得越好吃，衣服洗得越乾淨，我就越恨妳，為什麼不給我一點犯錯的機會？」爸爸的聲音變得越來越微弱，一個字連著一個字分不清楚，「妳常坐在客廳裡發呆，甚至偷哭，妳以為沒有開燈就不會有人知道？但我偏偏他媽的就是發現了。每天上班，辦公室裡請的員工一個比一個年輕，我看那些人都跟我的兒子女兒一個樣子，越看就越有氣。我還記得孩子還小的時候，第一次開口叫爸爸，我差點哭出來，好用力才忍住。那時候我想，我一輩子都會以他們為榮。後來看他們越長越大，大到連一聲爸爸都懶得叫，我真想揍他們。可是我一直告訴自己，他們是我的小孩，我必須愛他們。但妳知道我兒子看起來有多混帳，我女兒有多像婊子嗎？我到底要逃到哪裡才不用再看到那些嘴臉！」爸爸坐在地上喘氣，間或猛力吸氣，但都沒辦法停止哽咽。「媽的，幹！更噁心的是我連看到大樓裡清潔的女人都會有性衝動，可是我連走到廁所裡自慰都懶。有時候半夜醒來，看到妳躺在我旁邊，我真想用全世界最難聽最下流的話罵妳，把妳罵得又髒又臭。」

「我從來不知道你這麼恨我。」

「不，妳錯了。我就是因為太愛妳才會這麼恨妳。我因為自私所以愛妳也恨妳。」

「你不要跟我說這些顛三倒四的話。我只想回房間睡覺。」秒針還在喀喀喀地走，可是走得比剛剛慢多了，時間的間隔變得好巨大。媽媽發現自己連跟他吵架都懶得吵了。

「妳在說一些連妳自己都不相信的話。我本來以為只要妳永遠在家等我們回來，這個家就不會消失。才怪！其實這只是一個有地址的房子，好讓銀行知道要把帳單寄到哪裡跟我們討債，好讓我們有個合法的地方把不要的東西扔在那裡，連同不要的老婆，不要的小孩，再出去買更多新的回來。第一次結婚是因為我太天真，第二次結婚，我真的不曉得自己是哪裡有毛病。我覺得自己好像只是從原來的公寓搬到對面的公寓，還滿心期待地布置新家，以為從此房子就不會漏水，馬桶就不會壞掉。但過了一個禮拜後才發現，我還是每天聽著一樣的噪音，聞著一樣的臭水溝，太荒謬了。」

「你不要再自怨自艾了，我們跟別人沒有什麼不一樣，每個人的家都是。這樣吵下去根本沒有意義。」媽媽提醒自己，我其實沒這麼討厭這個男人。

「我知道。」坐在地上哭泣的爸爸好像小孩子。如果兒子女兒看見了，他們會同情他嗎？

「你累了。」

「每次妳不想跟我說話時都會這樣說。我討厭聽到妳這樣說。」

媽媽沒有否認。

好久，秒鐘的計算已經不可靠，爸爸的呼吸恢復平順。

「我累了。」他站起來。

時間真的很晚了。媽媽回房間，直接躺在床上希望自己能睡著。

爸爸從地上爬起來後，拍拍褲管，好像他剛剛只是跪在地上除草或是玩拼圖，儘管地上根本就沒有灰塵。

客廳剩下他和無聲的電視。他把電視關掉。

如果可以，希望這輩子不用再知道任何新聞了，反正那些都不是什麼新鮮事。他坐在餐桌前，媽媽的位置上，這時才發現這張椅子背對電視，什麼也看不見。

爸爸吃起桌上的麵，不知從哪來的食慾讓他一直吃著。麵變得又黏又乾，每一口都吞嚥得很辛苦。他用筷子把麵扯斷，一團一團吃下去，也沒注意魚刺有沒有挑乾淨。冷掉的麵只剩下鹹的味道。

很快地，爸爸吃完一碗，橫過桌子，他把另一碗也端到面前繼續吃。沒有想太多，就是用固定的手勢把麵一截一截的送進嘴裡，把魚肉一塊一塊的送進嘴裡，剩下一點點的湯水直接就著碗喝掉。大量的麵條堆積在肚子裡，剛剛的酒意已經全部都被沖淡了。腹部隆起，腸胃緩慢吃重地消化不友善的食物。

爸爸洗完兩只空碗，兩雙筷子，站在流理檯前掏出口袋裡的香菸。這玩意兒已經戒好久，最近又開始抽。剛剛回家的路上買了新的一包，這種味道以前完全沒有抽過。

爸爸這陣子常常胃痛，試著到藥房買成藥或胃散之類的都沒用，就是會沒來由地痛起來，特別是在半夜。每次只要胃痛發作，為了不吵醒媽媽，他就躲到廚房，站在流理檯前抽菸，讓白色的煙從流理檯前的小窗戶飄散出去。這樣做會讓他的胃痛好一些。

剛買的香菸因為剛剛跪坐在地上而被壓得皺巴巴的，菸草外露。爸爸用瓦斯爐點菸。抽菸和喝酒是他最不願意兒子學會的，自己現在倒兩件事都幹了。他的手支著冰冷的流理檯。

外面其實很黑，月亮今晚不是很明顯，很多燈都已經熄滅了，路上的車子也不多。但他還是覺得看到好多尖銳的光線。

他想像世界是由許多刀子組成的。在街上走路的刀子，會跑的刀子，從地底長出來的刀子，刀子在天上飛，刀子從音響喇叭裡射出來。

光線也是刀子。

刀子與刀子交會，把彼此割裂得更細碎。不管是什麼東西都被切得小小的，無孔不入，無所不侵。

他想像如果今天晚上他有約前妻上床就好了。雖然他一點也不想。

早上出門時他就知道，今天下班後他不會直接回家，因為他和前妻約好要見面。他猶豫著要不要先告訴媽媽，晚上不回來吃飯。

後來他決定隻字不提。

下班前，他在辦公室的公共廁所裡對著鏡子整理儀容，用小便完的手撥理頭髮，他不希望自己看起來太狼狽，也不希望前妻為了今晚特地做什麼用心的打扮。

他好久沒上餐廳用餐。菜單上密密麻麻的字讓他看了好久，他不懂食物的名字怎麼可以寫得如此複雜又加上一堆解釋，簡簡單單的不是很好嗎？最後他草率地點了和前妻一樣的餐點。老實說，他根本看不出來前妻有沒有特地打扮。他猜應該有。但前妻實在老了許多，經過這麼多年了。

前妻一定也是這樣看他的。

用餐時，前妻簡短地說了自己的近況，簡短到好像不太情願，或是故意要省略什麼事實，但他不知道為什麼，就是聽不太進去，於是一直點頭假裝聽懂。然後他含糊地交代自己的近況，也是很不情願的樣子，然後很困窘地發現這些年來自己的人生其實一點進展也沒有。

主菜吃完後，服務生端來甜點。前妻還是沒有提到兒子女兒，沒打算要見面，爸爸為此感到有點生氣。是不是該提醒前妻她還有兩個孩子？

等到連甜點也吃完了，送來的飲料爸爸一口也沒喝。那時候他就已打定主意，一結束這場莫名其妙的約會就要去喝酒，大口大口的喝，喝到喉嚨辣辣的。接下來的話題潦草地結束後，他火速替前妻攔下第一輛經過的計程車把她送走，直接就在買酒的便利商店門口喝著。

他沒這麼容易醉，但上了年紀加上低落的心情，酒精的催化能力也跟著加倍。搖搖晃晃的視線讓現在和過去混淆在一起，未來卻還不清晰。

他還有資格談論未來嗎？便利商店門口躺了一條脫毛的黃狗，他乾脆對著黃狗胡言亂語，連自己都不記得說過什麼。

爸爸想像如果剛才沒有跟媽媽吵架就好了。扯那些謊話做什麼，是為了可憐自己僅剩的那一點點尊嚴嗎？他憑什麼在這個女人面前賣弄，哪怕是自己的不堪。可是他好氣，氣媽媽為什麼這麼冷靜，氣她為什麼沒有哭，氣她為什麼沒有被激怒，氣她為什麼不再被傷害。

氣她就這樣轉身回房間。他們的房間。

當初她得癌症，開刀，化療，他好怕會失去她。害怕失去的感覺比失去本身要可怕得多了。出於本能把掌心握緊，事後才去回想當初的決定是對還是錯根本沒有意義。但他確實愛她。他清楚地知道這一點。

抽完第二支菸，已經忘記胃痛。關於胃痛，他也沒對媽媽提起。

但媽媽知道很多事。例如，很久以前，爸爸放假時藉故出門找朋友聊天，其實獨自開著車子停在河邊。

不過他是先在市區繞一繞才開去河邊，還是直接到河邊，這個媽媽就不知道了。

媽媽知道爸爸把車開到河邊後，會將車門敞開，雙腳掛在車外，看報紙。

不過他是從頭到尾都在看報紙，還是隨便看一下就把報紙扔到一旁，看報紙時有沒有扭開收音機，這些媽媽就不知道了。爸爸把車停在河邊時，騎腳踏車的人經過都會多看一眼。

媽媽知道這些，是因為河邊離家不算太遠，有一次她和狗散步時心血來潮走到河邊，站在橋上看見爸爸坐在車上，像在等待救援的難民，不知所謂地盯著河面發呆。如果順手點支菸的話可能看起來還不會這麼無助，至少享受一點。

河面上的風吹起來，報紙拍在爸爸臉上，他的臉皺在一起。

後來媽媽又看到幾次，有一次甚至是上班時間。爸爸會不會像新聞上說的中年裁員，不敢讓家人知道，只好仍舊每天出門假裝上班，甚至領失業救濟餐？媽媽因此隔天藉故打電話到辦公室找爸爸。

媽媽還知道爸爸最近半夜會偷偷爬下床，不吭聲地坐在餐桌旁，像孕婦一樣雙手扶著肚子。

媽媽小時候班上有個女孩子常常鬧肚子痛，也是這樣捂著肚子。女孩子很胖，動不動就熱得流汗，嘴唇上方掛著一排汗珠，而且她老是穿著外套，所以更容易流汗，卻從來不肯去醫護室休息。有時候熱到雙頰發紅也不肯脫下外套。大家都懷疑她肚子痛是假裝的，因為她不想上體育課，老師也拿女孩子沒辦法。

爸爸十指交握放在腹部，眼睛閉著在想什麼？也許是因為她睡不著一直翻身吵醒爸爸，或者他也睡不著？

這些媽媽不知道，也不想知道。

媽媽還知道爸爸不可能出去玩女人，沒有女人會傻到想和他這種歲數，又沒有多少存款的男人瞎攪和。爸爸不是好色之徒，他人太好了，好到令人生厭。年輕的女人太快就會對他失去耐性，有點年紀的女人一下子就能看穿他，就連他的前妻應該也受不了他了吧。爸爸實在太簡單了，簡單得一目瞭然，只要一種方式就可以分析透徹。

其實她不介意爸爸出去玩女人，或許這是一種尋求平衡的方式。好比一顆石頭如果太圓滑就會不停滾動，停也停不下來，非得把它砸出一個洞來才能停下來，讓周圍生出雜草，長出青苔。這就是一種平衡。

但媽媽不知道爸爸今晚為什麼喝醉，他怎麼會讓自己失控？她萬萬想不到爸爸喝醉酒會說出這麼赤裸裸的話。難道爸爸已經意識到青光眼的存在了？他察覺到什麼了嗎？

媽媽不知道，爸爸根本不想知道這些。其實媽媽不知道很多事。

媽媽最後還是因為太累睡著了。

睡著前，她想著今天在山上遇見的那些狗、自助餐老闆的故事。

媽媽不知道她睡著後，爸爸有沒有進房睡覺。

他們今晚都好累。

睡著後，媽媽作夢。媽媽夢見自己也獨自駕車，就像爸爸去河邊那樣，但她忘了怎麼開車，也可能本來就不會。慌忙中她拿起一旁的電話打給青光眼求救，可是另一端的青光眼慢條斯理地接起電話，一點都不明白媽媽的處境有多危急。媽媽雖然十分焦急卻無可奈何。車子在雨天的暗路上加速，青光眼根本幫不上忙。

22

被遺留在健身中心的物品包羅萬象，從身上脫落的毛髮、皮屑、汙垢不說，運動用的水壺、毛巾、貼身衣物、綁頭髮的項圈或髮夾、口紅、筆或小裝飾品等林林總總，光是暫存這些東西的寄物櫃就被塞得滿滿的。偏偏這些東西算不上值錢，除非有特殊意義，否則很少被領回，更不會有人想收留。看到別人遺留的物品而不會順手牽羊，似乎不是因為公德心使然，反而是物品實在太氾濫。要多少有多少，再加上講求個人衛生，所以清潔人員後來經常直接在打掃時就順手扔掉，省得麻煩。

但媽媽在更衣室撿到一副鎖和鑰匙。

那個女人的置物櫃就在媽媽旁邊，她離開時拎著一個很大的藍色側背袋，袋子還撞到一旁吹頭髮的女人。

媽媽運動完坐在長椅上大口喝水，本來想叫住那個女人，但女人只顧著講電話匆忙地走了，結果把鎖和鑰匙忘在長椅上。

鑰匙用一條粉紅色的緞帶綁著，插在鎖上。

更衣室裡其他人各自忙著打點自己的身體，重複播放的那幾首音樂媽媽也都聽膩了。

今天的瑜伽課做了很多背部伸展與肌耐力訓練。人的身體在大部分的時候總是不由自主地往前傾，久而久之背部漸漸弓起成圓圓的丘，胸口朝內縮。結果人越來越無法往前看得遠一些，只是埋首於手邊枝微末節的小事，囿限於小小的工作崗位上。

每一種動物都有各自擅長的動作與習慣的姿勢，通常與牠們生存覓食的方式有關。在物種的演化上，肌肉與骨骼趨向更方便的使用去發展。人類的身體為了看更遠，從四肢著地轉而直立。在演化中脫去了毛髮後，動手剝下其他動物的毛皮禦寒，皮膚從此就越來越光滑。失去如同土壤的堅核與粗糙，人耗費大量的精力探索內在，結果身體又逐漸向內蜷曲。

或許這樣的過程也可說上是演化的一部分，可是身體卻沒有因此更舒適，反而不斷發出各種警訊。

課程中，另外還做了身體側邊的伸展，把身體的空間再次打開，不然久了以後人會忘記自己的手臂原本可以張得有多寬敞，跟著也忘記如何可以緊緊擁抱。把身體像擰毛巾那樣扭轉的姿勢，只要改變一點點的角度，空間的開闊度會增加許多，媽媽發現左邊的自己和右邊的自己原來不是完全一樣。

倒立的時候更會訝異同一張臉孔上下顛倒後竟能如此陌生。透過環繞教室的鏡子直視自己的眼睛，不確定的感覺也隨之增加，但不至於不安。

每次運動完，感受體內的疏通，橫堵在其中的障礙被移開，雖然很有可能不久又會堵塞，但短暫的放鬆令人欣慰快活。瑜伽教室燈亮。伴隨平靜的呼吸重新睜開雙眼，光線已經不同於之前，觸摸與聲音都像溪水流經大大小小的卵石，過濾掉許多雜質。也可能是因為神祕的吻不再了，漂浮的心思再度降落。

神祕的吻如同開關般，曾經將媽媽的感官經驗帶往未知，進入了無法回溯的通道，被各種事件簇擁著抵達現在。

現在。狗不但無法再和她說話，甚至已經死去的現在。和爸爸形同陌路卻還住在同一個屋簷下的現在。和青光眼做過幾次愛，對他具有依賴感但又不完全認識的現在。

還有什麼？還有山上社區的廢棄鑰匙工廠，過去對媽媽來說是不存在的，現在非但具體地存在著，甚至莫名地吸引媽媽想再次前去。

原本在鑰匙工廠工作的自助餐老闆本身就像一把鑰匙，開啟隱藏在山林間的祕境。如果能早點知道，說不定他也會是一把解開狗突然不說話的原因的鑰匙。不過現在一切都已經太遲。那麼，這把鑰匙還會再打開什麼祕密呢？

瑜伽課一結束，戴肉瘤項鍊的女人就在教室的另一邊揮手，迫不及待向媽媽分享新的斬獲。

「我最近晉級了，領袖知道我做很多捐獻，上禮拜集會時特地把我晉級。以後要花更多時間去開會，幫忙組織籌備活動。這樣就有更多機會可以向領袖聆訓。和我一起晉級的人甚至要搬到裡面住，我要不是放不下家裡早就搬進去了。組織的財富就是個人的財富。說真的，家裡的事情現在都請人弄，自己根本不用動手，在家做牛做馬也沒人稀罕還會被嫌煩。但是在組織裡面幫忙打掃，地板都是跪著用抹布擦，領袖說這樣才能淨心……」

女人從教室一路講到更衣室裡，媽媽邊聽邊喝水，有時候點頭回應。喝完水後，把水壺放進置物櫃時，她順手拿起那副鎖和鑰匙收進袋中。戴肉瘤項鍊的女人熱衷地介紹她脖子上的項鍊，「上次跟妳提過，妳考慮得怎麼樣？我跟妳說，現代人的煩惱靠自己的力量是不可能解決的。什麼夫妻吵架啦，小孩不聽話，失業還是經濟困難都是社會問題，沒有單純個人的問題。既然是社會的問題就不是一個人想破頭拚命煩惱可以改變的，但我們至少可以改變自己。給自己多一點正面的能量，沒有錯吧。像我身上戴的這種玉石本身是活的，但是要靠人餵養才有靈氣。妳用氣養它，它再把能量餵給妳，是一種自體循環。自己的東西比較保險，不用擔心被外界汙染，就跟臍帶血的意思很像。」

女人褪去身上的衣物準備沖澡，兩條大腿內側的脂肪一會兒緊靠，一會兒鬆弛。「我說有些人真的很奇怪，明明有需要卻又不敢信，就是這樣才會問題一大堆。欸，又不是叫你們跳進火山，有什麼好怕的？」女人脖子上的玉石比印象中又鮮紅了些，脖子周圍的微血管也受到感應似的微微脹紅。

誰知道那會不會是另一個深淵？站在火山口的邊緣誰都不敢冒然跳入。在那座噴發光與熱的深淵，同時有最黯黑的可能性。黑得什麼都看不見，也無法得知裡面到底躲藏著什麼。

然而無比巨大的深淵不斷吞噬光明，如果放著不管，有一天就再也看不見任何希望。

媽媽對女人的推銷無動於衷，一心只想著那副鎖和鑰匙。在有些地方，情人們會把鎖鎖在橋上，再一起將鑰匙投入河裡象徵愛情的堅定。結果最後到底有多少誓言相愛的情人終成眷屬就不得而知了。

配對好的鑰匙與鎖看來獨一無二，其實在鑰匙工廠裡正以一模一樣的方式在製造。

所有的因果關係也都和這個道理一樣。一個因不指向一個果，一個果也絕非一個單純的因所造就。關於這一點，戴肉瘤項鍊的女人沒說錯，玉石是否真能供給能量，只要她願意相信，那麼這副配好的鎖與鑰匙就達成彼此被對方賦予的任務。這世上的一切有形與無形都是因著相信而存有，因著需要而誕生。

那麼狗是因為她的相信而開口說話，又因為她的需要而不再說話，甚至離開嗎？因與果在媽媽的腦袋裡亂了次序。

淋浴間的熱水澆灌在頭頂上，流進微張的嘴脣。媽媽仔細地清洗身上的每一寸，再三地搓揉按摩，希望能把每一寸錯動的知覺連貫起來，如水流的自在。

狗最討厭洗澡。這件事是儘管用語言商量也沒得溝通的。每次洗澡，狗一開始會盡可能耐著性子忍受全身被水淋得溼答答的。接下來被一堆泡沫圍攻，狗反射性想抖掉，也都被媽媽好言相勸壓制下來。但如果再不趕快結束，狗的煩躁就會一發不可收拾，使勁兒把泡沫和水都甩開。那時候已經顧不得是否會把媽媽噴溼了。為了加速結束這場災難，媽媽連哄帶騙把泡沫沖乾淨，然後讓狗飛也似地逃離現場。

「我不是怕水，只是水沖在臉上的感覺跟窒息沒什麼兩樣，簡直是活受罪。」狗用舌頭整理凌亂不堪的毛，這時候說什麼也不肯再讓媽媽用吹風機替牠吹乾。「我自有我自己的辦法。我這條狗可不是當假的。」結果每次都要過了大半天，狗的身體才能完全晾乾。

媽媽擰掉頭髮上的水，用毛巾裹住，再用浴巾包覆身體走出淋浴間。清潔人員正用夾子撿地上的垃圾。

許多女人的頭髮集結成一大坨被丟在垃圾袋裡。

從微敞的浴簾縫間，媽媽看見戴肉瘤項鍊的女人閉目享受熱水的沐浴。

女人的乳頭色澤粉嫩，與年齡不相襯。由於乳房不大，便不致因為老化而太過下垂。乳頭翹翹的朝前好像想說些什麼，但因為兩個乳頭各自突翹著，對話就無法產生。

她的唇間透露鮮紅，兩側嘴角延伸往耳後有一道鏈條，好像裂開的嘴巴無法抑制地撕扯到耳後方。再仔細一看，原來她口中含著那顆像肉瘤的玉石，似乎在汲取其中的養分，怕就要吭出真正的鮮血了。

媽媽的股間略感痠痛，像每次生理期來時。不過她的生理期早已經漸漸止息，遁出了循環週期。

23

到工作室的時候，青光眼還在電腦前面工作。媽媽坐在沙發上靜靜等著，玩報紙上的心理測驗打發時間。就算明明知道這種只講求便利的占卜通常不值得參考，但如果測驗結果能語帶玄機地指出一點點未來，或者僅僅暗示更多機會，還是會令人忍不住暗自高興。雖然也發生好幾次測驗結果是好預兆，接下來的一天卻過得奇慘無比。不過下次攤開報紙時，媽媽還是會忍不住想提早知道無法預測的未來，或驗證早已知悉的過去。

青光眼的住處沒有電視，所以每天早上都會買一份報紙，不然就是在早餐店吃東西時順便瀏覽新聞。他主張看報紙比看電視新聞節省時間，比較有餘裕思考以及做選擇。媽媽不在意這些，她受夠關心新聞勝過關心事實的人。雖然這不代表青光眼是個不切實際的人，至少在這一點上她不想著墨太多。總之住處的報紙一下子就堆出厚厚一落，在多雨的季節時積蓄了滿滿的溼氣在角落，不久後開始發皺。

青光眼工作時倒勤快，很少會讓案件堆積如山。況且除了努力工作維持溫飽，生活也沒有其餘需要掛心的事了。好不容易手邊的工作告一段落，青光眼終於可以坐到沙發上來放鬆一會兒。他們泡了一壺茶，味道有一點點果子的酸味。

書架上原本就放了一張照片，是五歲的青光眼，面貌清秀像女孩子，討人喜愛的嘴角輕輕上揚。笑的時候，眼睛彎彎的瞇著，這一點從小到大都沒變。

在那張照片旁，現在又多了一張照片，慎重以待地裝在木頭相框裡，因陳舊而泛著溫潤的光澤。相框的年分已久，卻不及照片斑駁。

照片中是一個髮長齊耳的年輕女孩，大約二十歲上下，穿著夏日洋裝。因為是黑白照片，所以看不出洋裝的顏色。女孩站在照相館事先架設好的風景背板前，宜人的棕櫚樹與沙灘上的貝殼謹慎地羅列著。

女孩面貌清秀平凡，也許是第一次面對鏡頭，來不及自然地擺出表情，喀嚓，那一瞬間就閃逝而過。

「那是外婆。」青光眼緩緩啜飲熱茶，又搖頭而笑。起身取過相片端詳。「其實不是外婆，是外婆的妹妹。」

「這張照片一直擺在外婆的梳妝檯上。小時候，每天早上坐在床邊看外婆化妝時，總會盯著這張照片，覺得全天下最可愛的女孩子應該就是這個模樣吧，也一直以為那是外婆年輕時的照片。畢竟不管怎麼看，照片中的人都擁有和外婆非常神似的五官。我從來沒看過外婆年輕時其他的照片，自然而然就這樣認定了。直到外婆過世後，才從家人口中得知外婆有一個妹妹，從小被分隔兩地扶養長大，一生中難得有見面的機會。但即使是這樣，外婆還是在心中掛念緣分淺薄的妹妹，把唯一一張妹妹的照片放在每天都能看見的位置。」青光眼輕輕撫拭相片，儘管那上面沒有絲毫塵埃。「雖然現在已經知道這不是外婆的照片，但記憶實在刻得太深了。看到這張照片，我就會想起外婆抹在臉上的乳霜味道，香香的感覺很高級，錯雜的皺紋怎麼抹都抹不平。有幾次我還偷偷抹在手臂上，結果到學校以後被其他人嘲笑，然後又過沒多久，突然小學生涯就快結束。可能是因為我比較少和班上其他男孩子要好，那些男生開始熱衷、好奇的事，我幾乎都還一知半解。但小學畢業後的那個暑假，外婆開始常常把我趕出去和年紀相仿的孩子玩，只要還記得回家吃飯睡覺就好。那個暑假也是我第一次和班上之外的女生說話的夏天。手心、額頭永遠都在冒汗。女孩子的頭髮動不動就甩來甩去刺到我的眼睛。世界從那時起被一點一點慢慢敲開，學習新的事物，認識新朋友，最後甚至離家東奔西跑。新的工作，新的嗜好，新的東西要多少有多少，舊的反而都不見了，只剩下這張照片。看到它，我就會想起外婆每天一起床就坐在梳妝檯前打扮的模樣，甚至還能聞到氣味。雖然外公後來年紀大了，行動不像以前那樣自如，來看外婆的次數少了，她還是保持習慣，把自己打理得好好的等外公來看她。」

媽媽試圖想像小時候的青光眼，臉上還保留了哪些一輩子都不會磨滅的特徵？

外婆披著晨衣在鏡前梳頭，把日漸花白的髮絲盤起，思念與等待外公的心情也緊緊收束著。

描眉時，眼角餘光瞥見妹妹年輕時最美的照片，然而鏡中的自己已年華不再，連對青春情愛的渴慕也小心翼翼地掩藏。

就算希望能被丈夫擁抱，那又怎樣呢？

加諸於肉體的感官刺激，最終也隨肉體一同腐敗。外婆每天克盡職守地梳整自己的儀容，好像是為了不知何夕能再重逢的妹妹，期待來年的相見至少還能被指認。

「小時候覺得外婆就是全世界，根本不敢想像要是外婆死了該怎麼辦。可是外婆真的去世時，我的世界早就被五花八門的玩意兒填滿。面對外婆的死去沒有太悲傷，自己反倒覺得不好意思，所以葬禮上哭得特別用力。哭久了，心情真的也會沉到谷底。也許外婆帶給我的並不是什麼悲哀沉重的想法，或是孝順感恩的倫理觀念，但可以隱約感覺到一股細膩、層層疊疊包覆的溫暖融進我的人生中。往後在現實或書本中，特別容易對女人產生共鳴，喜歡的作家以女性佔多數，好像在透過這些片段尋找外婆的身影。要想像沒有外婆的世界真的好難，那大概就像是要想像沒有手的世界。如果人類沒有手，放眼世上的物品、器具全部都會改變，思考方式、談話時不再有手勢、戀愛的肢體語言、藝術表達的可能性都將全部翻盤。對我們來說重要的人就像這樣，記憶被成束地捆綁，是沒能被拆解開來的。誰也辦不到。」

「我被狗改變了。」媽媽說。

「妳和狗之間的感情一定也是無可取代的。雖然我認識牠的時間很短，不過我可以感覺得到你們之間很深厚的默契。旁人絲毫沒有任何縫隙能滲入。」

媽媽猶豫是否要告訴青光眼，狗會說話的事。但想想後還是作罷。

狗離開的時間越久，她變得越加不想再多提到關於狗的什麼。好像每說一次，狗的形象就會被沖淡一些。媽媽深怕那些回憶有一天會淡得像白開水。她只是聽著青光眼的話，點點頭。

青光眼好似得到媽媽的應許，又繼續翻弄記憶的底層，拉出一條條彩色的絲線來編織他和媽媽此刻共有的記憶。

「人類和動物共生的情誼在自然中還是最能夠體現的。例如有些濱海國家的漁夫，與海豚合作捕魚。在森林裡，人依賴動物的直覺來保護自己。樵夫一家人的房子就曾經遭到土石流的淹沒，樵夫媽媽指出牆上留下來的痕跡。那道土黃色的痕跡居然快逼近天花板。當然，事隔多年，房屋已經重新整頓過，除了那道痕跡，其他部分看不出來曾被災害肆虐過。我當時很驚訝，已經遠離熟悉的地方，還是遇上文明社會一手造就的災害。但後來想想，土石流這一類的狀況不就是發生在山上這種地方嗎？透過電視畫面傳送到都市裡，而真正大肆享受文明的人很少真正面臨到這些問題。土石流發生時，樵夫一家人已經早先撤離到安全的地方，那時候全賴動物的直覺他們才能逃過一劫，否則政府是沒辦法顧及到零星居住在森林的每一戶人家。樵夫們養的狗就幫了不少忙。人和動物之間聯繫的路徑依賴的是智慧和經驗。一代一代與自然為伍的人累積複雜的智慧來判別自然要對我們說的話，然而就算沒有足夠的機會承傳這些智慧，也可以利用自身的經驗。人對於一起生活的動物有一定的熟悉感。只要夠熟悉，超出慣性範圍之外的就是警訊。而這一切都建立在信任之上。就好像每次要砍伐森林前，樵夫們會合力挖一個坑洞，然後先把樹林周圍依生的植物砍下，丟進洞裡面放火燒。一瞬間，濃濃的煙霧自叢林間竄出，這樣做的目的是為了預告附近的動物們盡快遷移到別處。可惜的是，關於森林的事知道的人只會越來越少，不可能增加，也沒有理由會增加。因為能感受到生活和森林息息相關的線索少得可憐。對於不理解的事情就會覺得不重要，這是人之常情，漠然有時候並非刻意之下的產物。」

不知道樹木倒下時是否會發出轟天巨響？

或者，倒下的重擊被茂盛的樹葉和其他植物吸收了，只有斷斷續續的斷裂聲。動物並沒有受到太大的驚嚇。

青光眼彷佛聽見媽媽心中無聲的巨響，靜靜等候騷動平息才又繼續說下去。

「在樹林生長稠密的樹海區域，密度之高，在沒有警戒的情況下，常常不知不覺踏入了也不知道，一不小心就會缺氧而死。但是狗會提醒人，一旦開始接觸到樹海的邊緣，狗會刻意避開，人跟著牠們就不會有事。散發惡意的樹海裡面埋藏了很多祕密，進去以後，就算不是因為缺氧，迷路也是常有的。轉來轉去放眼望去都是樹，每一條路看起來都差不多，甚至根本沒有供行走的道路，必須爬過橫倒在前方的巨大樹幹，一下子又跌近滿是蚊子的泥沼，再不然就是被荊棘絆住，狼狽不堪。但其實這才是森林原始的面貌，深不可測。也有很少的機會挖到一些石塊，推測是很久以前人類的痕跡，石塊是用來標示農地界線或者圈養牲口，後來不知道為什麼搬遷或消失，剩下這一點點的小記號在偌大的樹海中。樹海又悄悄封閉通往外界的道路。有一些從城市來的人選擇到樹海裡結束生命。這種事很難防範，誰都有自由走進去，只是能不能出來就沒得選了。」

媽媽想像計畫到樹海自殺的人平日生活在人造空間，少有機會接觸真正的自然。在某一天，事先查了路線，搭乘巴士前往樹海區域。

沿途的景色從喧囂的市容漸漸安靜，林立的高樓漸次稀疏，低矮的房舍坐落在田野間，自然的氣息大量湧入車廂內，不管是白天或黑夜都籠罩在沉穩之中。每吸一口氣都能聞到過去所不熟悉的清新，耳畔只剩下風的耳語，甚至不確定是否聽見了遠方溪流淙淙。

此時心中的紛亂被撫平，呼吸不再只是維持器官運作的擴張與收縮動作，而是為了得到更多嶄新的替換。

要是我能在那裡就好了。媽媽不禁期待。

從下了巴士後，徒步走進森林，文明的道路逐漸從視線中消失，沐浴在樹葉篩落的陽光中。

但那些有備而來的人可不是來踏青的。他們對眼前的美景不為所動，依然堅持執行自殺的計畫。從隨身的袋子裡拿出預先準備好的工具，找到一處滿意的位置。說不定途中還遇見動物自然死亡的屍體，意外地叫人著迷。

不，一定有不少人後悔了，在還沒深入樹海前就離去，搭上回程的巴士，下定決心展開一段平凡的新生活。即使往後再度遭遇挫折，便會想起那日的陽光午後，一趟遠遊。

有些人卻來不及後悔，就被樹海裡壯闊的氣勢震懾住。

樹木與其他植物像編織繁複的圖騰，規律中千變萬化，不知不覺無法停下腳步，忘記回頭確認是否還看得見來時的道路，等到想折返時已經完全來不及。森林本身也憋著一口氣，決不輕易鬆開，這種情況下，人是沒有抵抗的餘地。空氣中的氧氣越來越稀薄。

最後還是得在這裡死去啊。

靠在看起來最溫柔的一株大樹下，這樣想著。然後就結束了。

城市那邊的房子還維持原樣等待主人回去。冰箱裡的食物不知道吃完了沒。前一天晚上回家時有沒有記得買最愛吃的蛋糕？出門時，門上鎖了嗎？鑰匙應該也帶在身上吧。但再也無法回去開啟那個相對應的鎖了。

他們的身體慢慢分解為森林的養分。而那把鑰匙要過很久很久以後，才會因為鏽蝕而稍稍耗損。

「好像戰爭一樣。」媽媽說。

「確實是這樣。雖然樹海很浩瀚，不過對整個更大的地勢來說終究也是一部分而已。我拜訪的區域因為地勢比周圍高，可以眺望距離相當遙遠的山峰，在戰爭的時候就成了絕佳的戰略位置。而森林中央是一片高原，從山的兩邊匯集敵對的士兵，在這片高坦的土地上互相攻打。因此，住在這裡的居民，除了樵夫、農人外，有一些人的工作是專門處理戰場上留下的大量屍體。戰爭的屍體是非常慘不忍睹的。士兵撤退後，他們先舉行簡單的儀式，然後有效率地把屍體運走，以免受天氣影響演變成傳染病。好像跟在嘉年華遊車隊伍後面的清道夫，默默把打翻的飲料擦乾淨，把滿地彩色的紙片掃走。戰爭結束後，人民的生活恢復秩序。不管在戰場上歸在哪一方，他們彼此間沒有仇恨。太平年間，交換農作物，共用灌溉的溪水，通婚，參加彼此的慶典，所使用的語言相互滲透。樹木也是一樣。一直到下一次戰爭爆發時，才又被畫在地圖上的紅色圈線圍在一起或分開，變成盟友或敵人。現在這片古戰場已經察覺不出戰爭的痕跡，無論是多猛烈的砲擊，經過幾載的風雨歷練，又被新的植物覆蓋，動物在上面築巢，隔年產下新生命。但事實上，被上級下令派來打仗的古代士兵，大部分的時間都在找尋食物，大部分的力氣也用在找尋食物。饑餓的侵蝕遠比敵人的刀槍殺戮還可怕。他們分成小隊，在山上來來回回找吃的，有些餓得不像話的士兵運氣好，碰上農家拿出僅有的食物分給他們一些。也有餓昏頭的士兵直接闖入農宅，看到食物就抓起來吃，連田裡還來不及長得更大的作物都被拔起來。人餓起來比野獸還可怕。不需要一刀一槍，就把強壯的士兵的意志擊垮。思念家園的心情不斷湧現，像破掉的動脈噴出鮮血，止也止不住。可是繼續進攻的命令一道又一道催促，後退的路被嚴厲防守。晚上躺在泥土地上休息，想到家，想到死亡，想到短短一生中認識的那幾張少數臉孔。死亡不可怕，令人恐懼不安的是無法掌控的距離和想望。在樹林中覓食雖然不見得順利，卻能重溫如同在家鄉中的情景——人為了溫飽而勞動身體，手掌腳掌日漸粗糙，結出厚繭。就像植物在往上生長的過程中自然地留下節眼。」

森林中曾經躺臥衰老而亡的屍體，在食物鏈競爭下被淘汰的屍體，來不及長大的屍體，流血或沒有流血的屍體，戰爭中犧牲的屍體，還會長出新生命的屍體……。包括了動物和人，還有植物。媽媽猜想，對樹林來說是沒有區別的。

從一個頭蓋骨上開出的花朵，不會因為那顆腦袋曾經思考過什麼而供給不同的養分。

不，其實在森林中死亡是不存在的，因為任何東西都會被充分利用、吸收。

那麼躺在泥土地上是什麼感覺呢？媽媽無論如何都搜尋不到相關的記憶。應該是硬硬的吧。如果上面有野草，還會刺刺的，從草堆鑽出來的蟲子會令人癢癢的。要她相信躺在泥土地上會有多舒服，實在很難。她的身體習慣了舒適柔軟的人造環境，就連躺在床上她都記不得舒服是什麼滋味。

像這樣的身體站在森林前，應該會被什麼精靈阻擋下來說，妳沒有資格進入，妳什麼都感覺不到，連植物隨季節變化的味道也不懂得分辨。

媽媽曾聽過傳說，每座山林都有其守護榮枯的神靈，以動物形態出現，有時候是人的樣貌。牠的體型通常龐大，深居而難得見到。依賴山林的人對祂十分敬畏，每遇神靈出巡，便立即放下手邊的工作，全員退到山下迴避。

不過在戰爭中肯定沒有人理會這些。他們沒日沒夜在樹林亂竄，製造一連串的巨響。而在更久更久更久以前，世界上只有自然，那時每處都有守護的神靈。現在那些神靈都躲到哪裡去了？牠們是否依舊存在，化身成一株路樹、一隻雀鳥、或者一條狗？

可是青光眼不相信這些。

他對靈魂的存在感到懷疑。

他說，「靈魂根本就不夠用。世界上的人口數量以驚人的速度增加，為了讓大家吃飽，用人工的方式大量繁殖動物。如果真的有靈魂，而靈魂是不滅的，那要不就是靈魂為了分配給不斷出生的生命而稀薄了，再不然就是有些生命根本就沒有靈魂在裡面，只有空洞的身體，這種例子不難見。」

可是狗帶給媽媽豐盛的生命，因為他們之間對彼此的肯定。雖然狗後來不再說話，但不減曾有過的富足，而她居然此刻才了解。

「有一天我們開車前往另一個林區，車子行經一座陸橋，從一座高原橫跨到另一座高原。周遭一片霧靄靄，彷彿漂浮在雲端。車窗外只有遙遠的景致，即使車速飛快，卻感覺不到景色的變動。速度撞擊在白茫茫的雲霧中也跟著融化了。同行的有一個蓄著鬍鬚的年輕人，來自北方的國家，地勢更高的森林，自然卷的頭髮蓬亂無章。他隨身帶著一支自己做的口簧琴，鐵製，顏色灰灰黑黑。老實說看起來像是會讓人疼痛的刑具，想到要把這樣的東西抵在嘴邊，利用簧片的震動和口腔的共鳴發出聲音，如果簧片打到門牙上一定痠麻無比，而且怎麼想都沒辦法發出美妙的旋律，一時之間就很難有好感。結果口簧琴竟出乎意料地好聽。鬍子年輕人熟練地撥動口簧琴，彈跳的音符連貫成縝密的音律，高高低低變化起伏打造了光影流動的空間，好像同一種顏色的緞帶藉由光線反射不停轉變色澤。聲部中，低沉的支撐做成穩固的波。儘管沒有旋律，抽離敘述的語句後，提供了和諧的氣氛。聽說很多森林的部族都有類似的樂器，在閒暇和祭典時使用。」

媽媽在婚前的那次旅行，旅程接近尾聲時，遇上了祭典。唱者在臨時搭的帳棚下表演，棚內聚集了四方旅人，交談並不多。

那是貨真價實屬於遼闊土地的聲音，從四面八方籠罩而來，有如突然間起的大霧。起先不覺得那是樂音，比較像土地的震動。那種特殊的唱腔會同時發出兩種聲音，穿破幽微的低吟，在高的音域中描繪出細細的音線，兩個聲部間忽遠忽近，就像是起伏的地勢與寬廣的天空永遠不會交錯也不會保持平行，在這兩者間則有多采多姿的形貌在表現同一個主題。

在一望無際的地平線上，聲音沒有任何阻礙，乘風飄散。帳棚外有婦女升火煮食。炊煙與食物的香味勾起人最原始的需求。

太陽西沉前，將天空暈染成紫紅色，直到最後一抹黑染透了萬物。

這些模仿大自然的樂音本身就如時間般綿延，起點與終點沒有明顯的界線，一如永遠沒有盡頭的地平線。

「在村鎮和森林的邊界上有一間小巧的店鋪，店裡的四面牆架上擺滿了盛裝種子的罐子。從作物到盆栽的種子都有，地上則是一些編織物和木作器皿。屋外的玄關放了一張長板凳，旁邊有木雕裝飾品和許多香料盆栽。沿著屋子前面的小徑，往左走可以回到鎮上，往右走則直接步入森林。店主是一個很有活力的老太太，容貌像極了外婆，但又很不一樣。她灰白的長髮隨性地披垂在肩上，穿著方便工作的粗棉衣和牛仔褲，上衣的下襬沒有紮進褲子裡。說話時手舞足蹈，聲音洪亮，還會激動地拍拍對方或拉手，熱情得像夏天時飛濺的瀑布。她對種子相當了解，耐心地一一說明，深怕任何一顆種子錯失發芽的機會，有些種子甚至還能治病。店裡陳設的貨架、玄關的椅子等，都是年輕力壯的兒子幫忙弄的。長年住在山上，已經練就很多本領，我們去的時候她正在屋後檢查電箱，使用工具都很順手。一邊和樵夫們寒暄一邊沖了熱茶，說到開心的事就張口大笑，她的嘴脣塗了很漂亮的紅色唇膏，那是她身上唯一的女性打扮，就連她種的花顏色也很鮮豔。外婆反而從來不用這麼豔麗的顏色。」

媽媽再次將目光轉回那張舊照片，支著頭的手臂有些發疼。屋外飄來鄰居準備晚餐的香味，媽媽深吸了一口氣，「好像是煎魚的味道。」

「小時候只要外公來吃晚餐，外婆一定會煎魚。一人一條。外公覺得女人要吃魚皮膚才會好，小孩子則是會更聰明。」青光眼又笑了，他用笑容否定剛剛說的話。「和外公吃飯，連魚肚上面的肉都要吃乾淨。魚肚好苦，又不得不吃，否則會被罵。小時候真的為此很苦惱。外婆都會安慰我說，只是一條魚而已嘛。」

媽媽想到她的母親，她常準備什麼晚餐呢？自己應該還記得，只是一時想不起來。但她常聽人家說味覺記憶是幼年時養成的，一生都會追尋那些味道。

青光眼還得繼續把中斷的工作完成。媽媽漫步回家。寒冷的天氣似乎沒有回暖的跡象，只能繼續忍耐一陣子。媽媽兜緊外衣保暖，彷彿懷著一個巨大的祕密，不被其他行色匆匆的路人了解的祕密。

又或者是反過來的。

所有人都能理解的某個關鍵步驟，自己卻漏掉了，又不知道從何問起。反正等夏天來時就會忘記冬天有多冷。

24

自從那次吵架後，媽媽打心底再也不想和爸爸說任何一句話。某一部分的她沉默下來，不太願意回應外界的索求。

電話響時，媽媽蹲在盆栽前修剪枝葉，趁機曬一曬難得探出頭來的冬日陽光，暖意遍布全身，像被細心烘烤的麵包。多希望能長久靜靜獨享這個時刻。

那幾天她總故意躲著爸爸。而且她越刻意躲避，越覺得爸爸無故就要找話題問東問西。更糟糕的是，一旦這個念頭的開端萌芽，就無法摘除，無限地在意識中生長茁壯佔據了全部，接下來會長成怎樣的怪物誰都不知道。媽媽又揮動手上的剪刀，剪斷了幾根長亂的枝枒。

媽媽還是每天煮飯給下班回家的爸爸吃，回應爸爸無謂的問話，但不主動。時時刻刻都有一個聲音在她心裡說，我再也不想和他說任何一句話，哪怕是眼神的交流，聞到他的氣味都不想。同時，她又為自己這番虛偽掩飾感到可鄙、悲哀，而束手無策。

電話還在繼續響著。媽媽本來想讓電話繼續響下去，但這通電話似乎特別固執，不等到被接起來絕不善罷甘休，它用穩定的音調催促著，媽媽不情願地只好進屋裡接電話。

電話另一端是一個陌生男子的聲音，聽起來文質彬彬沒有任何地方口音，嗓音甚至帶有磁性。如果擔任電臺節目主持人，想必會很受女性朋友青睞。電話一接起後，男子有效率又有禮貌地確認媽媽的身分後，就提到爸爸正在他們手裡。至於他們有幾個人他們是誰則沒有提到。他們把爸爸關起來的目的是想得到一筆錢，陌生男子要求媽媽立即匯款。就連說明這些時，陌生男子始終保持他迷人的嗓音，好像一個久未見面的朋友心血來潮打電話問候。「人在我們手裡，錢就交給妳準備。」最後，陌生男子還讓媽媽聽一聽爸爸被揍得慘兮兮的哭聲。電話中，爸爸哽咽地喊著媽媽的名字。

爸爸已經很久沒喊她的名字。這些年來共同生活簡化到只用「欸」稱呼彼此。事實上，除了去醫院看病以外，已經很久沒有人叫媽媽的名字。那好像是上輩子的事。她把耳朵用力貼著話筒想再聽一次爸爸叫她的名字。話筒裡面夾雜著爸爸被毆打的哀嚎，奇怪的咒罵，但就是沒再喊她的名字。媽媽拿著話筒一直沒出聲，陌生男子的每一句話突然變得很難理解，她默默複誦男子的話，「人在我們手裡，錢就交給妳準備。」

媽媽皺著眉頭，從一種莫名奇妙的情緒中恢復，確定這件事並非與自己無關。「知道了嗎？趕快去準備錢吧。你們家的狀況我們都很清楚，能拿多少錢出來都調查過，不會為難你們，所以妳就不要浪費時間爭辯。當然，這麼簡單的事我們一起處理好就好了，不需要麻煩警察。」現實又在困惑的門外敲了幾下。

男子爽朗地掛斷電話，那一邊的訊號應聲而斷。

媽媽又等了幾秒鐘，確定都沒有其他聲響後才慢慢把話筒放回去。

倘若她剛剛根本就不在家，陌生男子該找誰要錢？難道說，他們知道她一定會在家？媽媽甩一甩頭，想把混濁的感覺甩開。

空氣中原本懶洋洋的氣氛變得更加緩慢，特別感覺到自己的腦袋很腫脹，塞滿不知名的填充物阻斷了思緒，變得黏稠、遲滯。眼前所見每一物仍是原樣，但質地上卻有些改變。物體的邊緣逐漸鬆弛、模糊、異化。不知道是否因為這樣，所以她本該焦急萬分卻顯得鎮定；還是她一點也激不起擔憂的情緒，而周遭連帶以異化來回應。

不過媽媽也不是對此事完全沒有反應的，她覺得困惑。而困惑起因於被隔絕的感受。好像隔著手套撫摸一隻可愛的兔子；隔著口罩接吻；隔著牆壁聽音樂，十分難以融入。那麼隔著她和這件事的是什麼呢？她的腦袋還在持續腫大。

後來媽媽決定先把剛剛洗好的衣服從洗衣機裡撈出來曬，否則就枉費了這麼棒的天氣。太陽可是很盡責地在寒冷的日子裡提供溫暖給大家。

剛洗好的衣服溼溼冷冷的，不同質料的衣服在指尖留下不同的觸感，摸起來的質地倒是沒有改變，不像其他東西歪歪扭扭的，似乎要考驗媽媽的耐心。她晾著夫妻倆的衣物，皺巴巴地掛在瘦骨伶仃的衣架上，洗衣精新潮的香味在冷空氣中有些稀釋了。

爸爸的襯衫靠著她的上衣，袖子擺動時勾著她上衣的腰身。衣服們有一些泛黃，怎麼洗都洗不乾淨。

媽媽打去辦公室找爸爸，同事說他從中午吃飯時間就出去，下午出公差，外面的工作結束後時間也晚了應該會直接回家。

「有什麼事嗎？」接電話的小姐當然不認得媽媽的聲音。媽媽幾乎不認識爸爸的同事，只有一次和爸爸在路上巧遇其中一個人，不過已經不記得長相了。

媽媽又試著撥手機給爸爸，偏偏在這個節骨眼時沒有訊號。

心裡還在盤算著該怎麼回應陌生男子的要求，他要求的數目跟外頭真正可怕的事情動用到的資金比起來，真的不算什麼，對普通家庭來說有點吃緊但又不至於壓垮。陌生男子說不打算為難他們，這點倒是真的。

他們如果真的有需要就給他們好了。對她來說，連這方面的感受都被隔絕了。

總之先到銀行一趟。

媽媽回到房間換了外出的服裝，臨出門前不忘把頭髮梳整齊穿上能防風的外套，錢包塞在外套側邊的小口袋。

走在路上時，午後的太陽充分發揮魅力讓大地一片明亮，比之前又更迷人了，是個很適合郊遊野餐的下午。幾隻流浪狗還在車底下睡午覺，大樓屋頂的銀色水塔被照得閃閃發亮，彷彿在諭示著寶藏的所在地。只是這時候沒有閒工夫去一探究竟了，不然真想爬上去看看站在水塔的位置能看見什麼不同的風光。

銀行門口有兜售彩券的婦人、推銷保險的年輕業務員、賣血壓計的中年男子、在提款機前排隊的人群。這裡是昏昏欲睡的午後唯一還清醒的場所。

媽媽領了號碼牌，在匯款的單子上填妥陌生男子指定的金額，一切都很簡便。所謂的錢，不過就是一堆數字。金錢的進出就像埋在地底下的水管，就算水量再大也感覺不到。一次用得上的就是那麼一點點，況且也不是什麼東西都能用錢買得到，不值錢的東西到處都是。要「被騙」更容易。只要把這張單子遞給坐在櫃檯後面的人，三兩下就成了。

他們想要就給他們吧，只要別再打電話來說那些奇怪的話，自以為對我們家有多了解。想到就生氣。

等待叫號時，坐在旁邊的婦人捧著一隻大眼睛的小狗，時不時就吠一兩聲，跟電話鈴響一樣吵。

那通電話是假的。這種詐欺的手法實在拙劣，除了引起不必要的恐慌，實際效果不大。就跟銀行介紹貸款或是推銷保險而打來的電話沒什麼兩樣。不同的是，聽說這些不肖分子如果被拒絕或是被拆穿，可是會惱羞成怒，做出讓人很不好過的事。

小狗對著媽媽叫。她還是頭一次被狗討厭。

媽媽動手想要撕掉手中的單子。但萬一陌生男子說的是真的呢？畢竟她也還沒聯絡上爸爸不是嗎？手的動作遲疑地凝結在空中，最後她把單子從中間對折，收進口袋裡。

步出銀行時，太陽威力已減。提款機前排隊的人透露更多不耐煩。看吧，不管金錢的多寡，都在看不見的管線裡流進流出，不易察覺，只有鍵盤上的按鈕會發出嗶嗶聲。吐鈔機數算鈔票的聲音洩漏最多祕密。

回家後，陌生男子沒再打電話來。

就算如實匯款，他們也不可能周到地打來通知說收到錢了。說起來他們做的也是一份苦差事，要騙到一條肥魚上鉤的機率比拉保險小多了，一整天不知道要打上多少通電話。大部分的人因為擔心意外的降臨，寧願相信保險所帶來的保障，可是當人們被告知要付上一筆錢確保家人能在晚飯前平安回家，卻被當作笑話掛斷電話。

這麼多年來她從沒有想過這是要付出代價的。家人每天都有可能無法平安回家。或是一把大火、一場地震而無家可歸，或者決定不再回來。或者，回來了卻像沒有回來。總在無形中承擔著許多風險。

諸多危機壓在頭上像遮風避雨的屋頂。為了遵守沒被說出口的承諾，家人們每天回家，她則在家裡迎接。但是這樣的承諾沒有一紙合約保障，薄弱得可輕易摧毀。

媽媽再次打去爸爸的辦公室，電話佔線中，手機因為收訊不佳或者直接關機了。

爸爸到底在哪裡，難不成真的在「他們」手中？還是說他又去河邊發呆？

太陽既然如此舒爽，沒理由不去好好享受一番，最好不要被任何人打擾，只有眼前如靜止的河流凜冽地沖刷河床上的石頭。河水與石頭比誰都年老，卻從來不顯現衰退，永遠都保持新生的模樣。

她又順便撥了電話給兒子、女兒。

女兒晚上要加班趕明天的提案。兒子支吾其詞，總之是不回來吃飯。

至少他們都還好端端在某個地方活著就好。

忐忑地度過剩下的時間。下班後，爸爸當然回來了。

媽媽故做一派輕鬆的口吻向爸爸陳述事情的經過。

爸爸很驚訝，在沙發上坐下來，久久不發一語。就像在河邊發呆。媽媽又補充說到打電話沒聯繫上爸爸，同事說他出公差後就會直接回家。天底下竟有這麼巧合的事，碰巧在這一天遇上陌生男子藉故綁架索錢。

媽媽搖搖頭說她一毛也沒給他們。爸爸思索著事情的經過，感到媽媽未免太輕率地認定這是一樁騙局，就這樣不當一回事地撇下，那她是不是有一天也會這樣撇下他？正當在這麼想時，媽媽遞給他那張差一點就要匯款的單子，還開玩笑說他哪值這麼多錢。爸爸睜大眼睛盯著單子。

「我們有這麼多錢。」爸爸過了一會兒才吐出這句話。媽媽臉上的表情鬆了一口氣，她還以為爸爸會破口大罵，因為他的樣子實在糟透了。媽媽笑著解釋說他們開銷不大，很容易就存了一筆錢。

爸爸頭一次發現自己辛苦工作的代價被明確地計算出來。他不是白白活著的，有人在默默替他數算著他的付出。之前因為沒有察覺，以致於他甚至忘了其實是他在支撐這個家。他以為自己只是對著空氣揮拳，徒然地耗費體力又汗流浹背，最後變得衰老無力，再過不久便只能頹然倒坐在地上。

他看到媽媽為他擔憂，雖然只是一張紙，卻是媽媽在乎他的證明。他多想親吻這張紙，親吻媽媽，不過他把念頭壓抑下來了。他的嘴角因為從心底大量湧出的感動而顫動著，既想哭又想笑，一遍又一遍看著媽媽的筆跡。

她握著筆站在銀行裡寫字時，心裡是想著他的，否則她不會特地白跑一趟。

他有多久沒握過她執筆的手？

曾經浮現過千百次的懷疑現在都消失了，他是愛這個女人的。也渴望被她的眼神關愛。

爸爸順著本來的摺痕將單子摺好收進上衣胸前的口袋裡。他滿懷感激地看著媽媽，欲言又止。

趁爸爸又要吐出奇怪的話之前，「吃飯吧。」媽媽說。這是一個儀式，一句咒語，把失序暫時拉回正常的軌道上，慢速前進。

25

那天睡前洗澡時，媽媽把水開到最大，這樣一來整間浴室都充滿水聲，再加上空間的回音，形成一道聲音的屏障。

媽媽的身體被水擊打著，沿著身體起伏的地勢順流而下。在水的撫觸下媽媽得到放鬆，緊繃的精神得以舒緩。

午間電話裡傳來的哭聲，那是假的。

可是她怎能確定那是假的呢？她還記得爸爸的哭聲嗎？那兒子、女兒呢？雖是一家人，卻將各自的感情掩藏得相當深，裹在厚厚的布袋裡又鎖進黑暗的箱子中。

要不是那一通騙人的電話，她都忘了有多久沒聽過家人的哭聲。

沒聽到不表示他們不會悲傷。

跌倒時，被捶打時，弄丟東西時都會在電話的另一端哭泣。

這些可惡的騙徒比大家都更敏感地察覺到誰是你的家人。他們虎視眈眈躲在電話後面，算計著把誰搶走會引起你的恐慌。

他們打來告訴你、提醒你，你的小孩是誰，你的丈夫是誰，你的父母是誰，你該付出關愛的人是誰，在家等你的人是誰——他們是你的家人。

也許家人有時候會欺騙你。父母為了子女，維持婚姻的假象；子女在父母面前裝乖，其實謊話不斷。謊言荒唐的程度讓人難接受那是出於愛。

何以愛的面貌變得如此猙獰，傷人又叫人懼怕。如果這時還奮不顧身地擁抱，必定會被刺得遍體鱗傷。但倘若不相信那是愛的化身，就只會被拋離得更遠更遠。

要撞開那鐵鑄的外在，接近柔軟的核心，雙手怎麼可能會不流血呢？雙眼怎麼可能會不流下眼淚呢？

那次上完瑜伽課，媽媽坐在更衣室的板凳上喘口氣。一個年約十六、七歲的女孩因為在浴室裡摔倒受了傷，痛得流眼淚。女孩的母親柔聲安慰不斷啜泣的女孩，又緊緊抱著她撫平驚魂未定的情緒。媽媽在一旁看著這一幕，心中竟不免有些厭惡。又不是什麼大不了的事，需要哭成這樣嗎？媽媽從來沒有機會這樣抱著女兒，也沒有人這樣安慰過她。

長大的我們會在朋友面前哭，在情人面前哭，對陌生人傾吐心聲灑下淚水，甚至到各種團體裡分享心情，分享彼此的眼淚，就是不會在家人面前哭泣。說好聽是不想讓家人擔心，事實上呢？

但至少悲傷具有力量。

不懂得悲傷的人，往往會沉溺在既有的錯誤與陋習中無法自拔。因為悲傷伴隨的疼痛令人無處可躲，於是便想盡辦法要衝出重圍。那些爭吵，那些哭泣，讓媽媽相信爸爸懂得悲傷，這讓她安心不少。

後來媽媽又想到，好多年來她忘了如何哭出聲，而只是靜靜地流淚。眼淚順著臉孔往下滑，緊鄰著雙眼她的下面流出深深的淚溝。

「那是皺紋，媽媽。」當時狗這樣說，「人老了就會有皺紋，何必硬要說是淚溝，搞得這麼傷感。」狗打呵欠時，眼睛水汪汪的。

「狗也會哭嗎？」媽媽問。

「那要看情況。什麼樣的情形叫做哭，非得要從眼睛裡留下鹹鹹的液體才叫哭泣，那在狗來說真的是少之又少。如果你問的是會不會難過，那答案是肯定的。本來動物誕生在這個世上是不會悲傷的，小嬰兒也是，誕生時的哭泣是生命的象徵，並不是因為難過。但狗和人類太親近了，漸漸染上人類情感的惡習，看到人類對自己做出傷害的事情很難不感到悲傷。貓就算離開了人類，還是會活得好好的，可是人如果拋下狗，狗不只是外在的生活受到影響，情感上也會像破了一個大洞難再復原。」

「我不會把你丟掉的。」

「我知道。除了我之外，還有很多東西都要好好收著別弄丟了。」

狗經常提醒媽媽，可當時的媽媽老是搞不懂到底是什麼東西。但現在她確定自己搞丟了好多東西，一件件滾落山谷墜入深不見底的黑暗中，而她的雙腿橫跨在兩面斷崖中間，進退不得。左右兩邊的斷崖分別是什麼在等著她一點都不知道，而且沒有拿捏好角度與施力的話，她隨時會摔得粉身碎骨。

溪水從她的胯下流過，風從她的胯間鑽過。身體最脆弱的一處無法遮掩、防禦，羞恥感也隨之而來。

想像中的水聲，現實中的水聲，響徹耳際，諸多難題卻一道也解不開。關於狗無法說話和神祕的失蹤，隨著時間的過去不再如此令她困擾，或許是唯一值得欣慰的。

穿過水聲，響起的是街上救護車的長鳴。因為距離實在太遠了，令人有種聽見夜間啼鳥的錯覺。曾有人說，我們生活在如此廣袤的土地上應該要感到偉大才對。

那些人，推開家門就可以見到一望無際的天空與田野一同展開，伸向無垠，遠遠的另一端坐落著一撮黑壓壓的樹林，但人們從不因此就懷疑它們的渺小，相反地懷有無比敬畏的心。生活在其中，人的心不知不覺放棄了許多控制慾望，並且因這份謙卑而偉大。

可是我們有什麼？

我們的土地被佔據，樹林被砍伐，天空被切割，田野正在忍受呼嘯而過的列車卻少有眼光停留。那麼我們該如何學習謙卑與體驗偉大？

青光眼曾經用雙腳走過那樣的地方。在他一字一句的描述中，森林的苗在媽媽心中日漸發芽，即使還在寒冬，仍舊緩慢卻不停歇地生長。

生命是不可能被棄絕的，當樹木在媽媽心裡長高時，她能明確地這樣感受到。就像水有它的特性，聲音自有傳送的方式，不是因為被證明後才存在的。至少那片廣大沒有消失過，任由萬物來去生滅。

26

「第一隻狗不能走路，」自助餐老闆從隨身的袋子裡拿出一罐保特瓶。瓶子裡面裝的是茶褐色的飲料，扭開瓶蓋便大口灌起來，喉結發出咕咚咕咚很大的聲音。他一口氣喝了半瓶才停下來，突然想到，問媽媽，「要喝一點嗎？自己煮的紅茶，跟店裡面一樣。」媽媽趕緊搖搖頭。多年來她習慣少碰含有咖啡因的飲料。

這陣子媽媽常帶食物到山上這間廢棄工廠給狗群們，特別是入冬以後她擔心食物不夠，狗群們會變得很難熬。

這裡的狗群已經漸漸與媽媽熟識，放下警戒心，任媽媽在牠們之間來去。有幾次湊巧碰上過來整理的自助餐老闆和大白狗，今天也是。

可以與單純的狗群們為伍固然是一件愉快的事，但照顧流浪狗的工作也有辛苦的一面。自助餐老闆三天兩頭就得來打掃環境，添加食物、飲水，看看大家是不是都很健康，有沒有受傷或生病。即使颱風下雨也沒辦法撒手不管。

有時候媽媽會覺得在牠們之中看見與死去的狗很相似的身影，雖然往往只是一閃即逝，還是能勾起許多回憶。

每次在這裡碰上自助餐老闆時，他們總會聊上幾句，在家附近的自助餐店遇見時，他們反而像刻意避開似的，媽媽從不會主動提起山上的工廠，包括和狗有關的事，連大白狗都難得見到。

在這裡，自助餐老闆興致來的時候便會說一些關於這座工廠與山上社區的過往，漸漸地，媽媽知道越來越多關於這個地方的事。不過自助餐老闆倒是很少提到自己，搞不好曾經做過不好的事。只能從談話中，隱約感覺到這個默默在夜間餵狗，又在山上偷偷收容大批流浪狗的男子，曾嘗試許多不同類型的工作。雖然不像是被事件重擊過的人，卻剛好在關鍵上被連續敲打幾次，於是逐漸下定決心改變方向，放棄更多變化的機會而決意緊緊抓住樸實的生活目標。在自助餐店裡面勤快地準備食物、騎機車出去外送、和店裡的歐巴桑們大聲開玩笑把大夥逗得很開心，沒有人不喜歡他；與狗群們相處時自然地融入大家，一邊整理一邊發食物，嘴上還不忘了招呼每一隻狗，叨唸著瑣事，也不管有沒有得到回應，臉上總是掛著笑容。經過捨棄的抉擇後，將溝通的行為也簡化成沒有人與動物的分別，就像他的裝扮到哪裡都一樣。對他來說彷彿有更重要的事在進行著而沒有說出口，這恐怕連大白狗都無從得知吧。

工廠裡有一隻年老力衰的狗，禁不住前一晚寒流的低溫，死掉了。媽媽和自助餐老闆合力把老狗搬到通往山上較隱密的樹林裡。自助餐老闆大概不是第一次處理這種事，用來鏟土的工具早有準備，戴上粗布手套後就一吭不響地開始挖土。中間停下來幾次喘口氣，重新換個角度，但很快地又把更深的土從洞裡挖出來，一直到坑洞深及膝蓋，不會讓其他的人或動物隨便就挖出來，也不致於稍微下點雨，泥土沖走後就會袒露出來的深度。

自助餐老闆挖洞時，大白狗在一旁看顧著。媽媽打了一條溼布替老狗擦拭身體，就像狗去世時那樣。只是老狗的毛髮比狗當時又更稀疏，身形更削瘦，由於沒人照料，身上當然也更髒，媽媽擦了好幾次才讓老狗的樣子恢復清潔。

不過牠們死去的容貌都很安詳，生前所經歷的一切絲毫不引以為苦，沒在牠們心裡留下太多痕跡。

坑洞挖好後，他們把老狗放進去。老狗躺在裡面好像終於找到一個舒服的窩，滿足地歇息著，眼睛緊緊閉上。把土蓋上之前，媽媽又摸了摸老狗，心裡悄悄對這隻還沒有機會認識的狗說再見。

土一下子就填滿整個洞，像是闔上一本讀完的書，一點聲響都沒有。

媽媽從洞旁站起來時，這才想到抬頭看看周圍的樹，它們今後要陪伴守護著老狗。和青光眼見過的森林比起來，這些樹尚且年幼、嬌小，但足以為人遮蔽，支撐天空。而和人比起來，老狗的年齡還很小，但卻已經很老了。

他們回到山腳下的工廠。狗群們的食物已經吃得差不多，自助餐老闆繼續打掃，一口氣都整理好之後才終於坐下來休息，突然有所感地提到第一隻狗，「我在這裡遇見牠的時候，就已經是那樣。趴在地上時完全看不出來，但其實兩隻後腳不能走路，靠著上半身拖行前進，樣子很嚇人。更何況那時候牠根本餓得沒力氣前進。我好久都說不出話來，真的很失禮。之後我就固定帶食物來給牠。」自助餐老闆脫下粗布手套擱在一邊，活動著十隻手指頭。

「牠從小生出來就在外頭闖蕩，無家可歸。這種狗很多，算也算不完，躲在各式各樣的地方，一個接一個被生下來沒有人管，也沒有辦法真的徹底解決。說到底，繁衍下一代是動物的本能，不可能徹底扼殺，況且很多是人類為了一時的慾望把牠們當成商品製造出來，然後又當成麻煩丟掉，以為這樣就算沒事了。第一隻狗就是這種情形。有一陣子像牠這種血統的狗大大的流行起來，母狗們被關在籠子裡拚命生產，生下來的孩子再跟母親交配。很噁心嗎？可是狗是沒有倫理觀念的，只是近親交配讓有些接下來誕生的孩子身體出現缺陷，這些『瑕疵品』當然只會淪落到被扔掉的命運。牠們被載到遠離人類目光的山上，隨便找一個路邊，打開籠子的門把牠們趕下車，車子就揚長而去。怎麼能這樣呢？這裡是山林，很多動植物的家，可不是用來丟棄不要的東西的地方。第一隻狗到那時候都還算健康，用上了所有的本能慢慢找到在外面存活的方式，知道該去哪裡找吃的，在哪邊休息比較安全，睡覺時仍要保持警覺。」自助餐老闆說到這裡，又把剩下的半瓶紅茶一飲而盡，把空瓶子收進袋裡，仍繼續說著第一隻狗。

「沒多久後發生的事，很遺憾地並不罕見。第一隻狗被不好的人作弄。那天牠只是趴在汽車底下想好好睡個午覺，車子的主人肯定很討厭動物，就連僅僅是短暫共用一小塊地盤都無法忍受，憤怒地把牠從車底下趕出來還不夠，還要『教訓』一番。第一隻狗根本沒做錯什麼，不是嗎？但牠被嚴厲地處置了。一開始以為只是可怕的劇痛使牠動彈不得，生不如死，還不致於想到悲觀的事上面。可是傷害造成兩隻後腳漸漸無法聽憑使喚，難熬的日子才真正到來。看不見或聽不見都還能用敏銳的嗅覺取代，一旦沒辦法行動自如，這對在外面討生活的動物而言大大降低存活能力，遇到危險要逃跑都有困難。人類居住的世界對手無寸鐵的動物來說，比原始的森林還可怕。第一隻狗只能盡可能減少體力的消耗活著，像在等待天明曙光般靜靜待著，我就是在這樣的情況下遇見第一隻狗。」

自助餐老闆像一棵樹般地停頓很久，「發生那樣的事牠還願意相信人類，除了良善天性使然，我不知道還會是什麼。」他說。

第一隻狗好久以前就已經死掉了，媽媽和這裡很多狗都沒見過牠。可以說，大家會聚在這間工廠全是因為牠。當自助餐老闆說著第一隻狗的故事時，媽媽腦海中的畫面不由自主將那形象以她死去的狗代替。

任何一隻狗倘若淪落街頭都有可能嘗到那些苦頭。想到如果是心愛的狗被人虐待毆打成傷，爬行時，軟軟的腹部得忍受粗糙地面的磨刮，還有飢餓、天氣的變化，想到牠獨自承受著這些，沒有人會心疼地摸摸牠的頭說些安慰的話。媽媽不禁緊緊握著掌心。

「一切都遲了一點。我出現的時候第一隻狗的健康狀況已經很差，好像握在手中的沙子拚命從縫裡漏出去，三兩下就快漏光了。我只能安慰自己至少牠最後是開心的，也很掛念其他不好過的同伴。牠是我認識第一隻會說話的狗。失去身體的重要機能，牠花更多時間思考很多事，講了很多事情給我聽。後來遇見妳的狗，每次和牠聊天總讓我想起第一隻狗。牠們很像，而且都來自這裡。」

關於狗的記憶，媽媽還記得多少，又忘了多少？自從狗死了以後，家人間不常提起狗，反倒是自助餐老闆雖然只收容狗一個星期，似乎對牠的了解很深，像一見如故的朋友。她樂意聽自助餐老闆多說些狗的事情，就算是其他的狗也好。

總覺得自助餐老闆口中提到的狗既熟悉又陌生，特別是狗在那之後返家便不再說話。最後與牠交談的人應該就是自助餐老闆。媽媽對自助餐老闆的感覺同樣也是既熟悉又陌生。他們共同談論著狗，並且他是唯一與媽媽共享著狗會說話這個祕密的人。狗一定在這個人身上看見了媽媽所沒看見的，所以願意敞開心胸對他傾吐。

大白狗依然高高擎著穗般的長尾，專注聽著。牠深棕色的鼻頭在空氣中輕輕扭動嗅聞，分析了一番，滿意地確定沒有任何危險，只有幾個準備上山的人經過工廠前面的小徑。上山的人蟲鳴般輕輕的交談與腳步聲，沒多久便被延伸的山路帶走了。

「可能我跟牠們很像吧，所以才會走到這條路來。」自助餐老闆從褲子後側口袋裡掏出菸盒，抽出一支菸，但他只是拿在手上輕輕敲了幾下讓菸草更紮實，思索了一會兒，又把菸放回盒裡。

「試過很多不同的方式，一直想找到最適合的。結結實實花了不少力氣。有些人打一開始就知道最適合自己的門是哪一扇，輕鬆地走過去把門打開，連鑰匙都不用。我卻是一樣一樣慢慢學慢慢找。不小心開錯門時，就點點頭說抱歉趕快退出來。也有走進去好一陣子後才發現搞錯地方。現在想起來都覺得很有意思，遇到這麼多不同的人，經歷這麼多想都沒想過的事。還曾經參加過以宗教為聚會核心的團體。人用各式各樣的方式把彼此從很不一樣的遭遇連結在一起，宗教應該算是其中最強大的吧。直接鑽進感情的深處，把人從裡面拉出來和大家一塊兒取暖，很快地會暫時忘記害怕的事。等到休息夠了，有力氣了，再潛回去試試看能不能解決問題。可是，有些團體卻沒有把人帶回去面對問題，反而集體蒙蔽事情的真相，只把謊言留下來。雖然表面上看來風平浪靜，但人是不可能永遠活在謊話中，就像生命需要陽光，哪怕陽光下有醜醜的石頭，摸起來髒髒的泥土，可是這些都不構成傷害。總之，那種耍把戲的地方我也待過，在當中很積極投入他們舉辦的集會，開口要什麼就給他們什麼，乖乖地遵守規定一點懷疑都沒有，可是開錯門的感覺還是在。他們發明一堆亂七八糟的名堂把大家唬得團團轉，利用人的脆弱、無助、恐懼。『這個地方不對，不是我該來的。』人只要願意，是會聽見裡面冒出來的聲音。可是不待在這裡就沒地方去，難道又要繼續過著到處敲門的生活，低聲下氣詢問這裡有我的位置嗎？掙扎一段時間後，還是沒辦法忽視真相。我相信有真正能拯救人們的宗教，但在石頭下的陰暗處也確實藏著一些招搖撞騙的團體，讓原本受傷的人們遭受更大的傷害，可惡透頂。利用別人的脆弱，自私地奪取自己想要的東西，這是非常不能原諒的。人們僅僅是渴望能每天微笑罷了。」

自助餐老闆將眼光投向媽媽，似乎在尋求她的認同，是這樣嗎？人們渴望的只是每天能微笑，幸福的吉光片羽？她的思緒停頓在這一頁，問題逐漸更深地烙進意識中，把其他的疑問都覆蓋、抹去。

狗群們安然地坐臥在工廠四處，吃飽喝足的牠們正在享受食物在胃裡消化的感覺，溫吞地呼吸，身體的哪處發癢就抬起腳搔一搔，又用舌頭舔理自己，像一幅構圖完美的畫。

有時候公狗們為了爭奪而齜牙咧嘴，不過談不上惡意或貪婪，短暫的打鬥比較像平靜中的插曲。

再過不久太陽就要下山，提前吹來的晚風不再像之前這麼冷，大概溫暖的氣候快要來了。狗群們一定也很期待。

「差不多該回去開工。店裡應該已經忙一陣子。有我在，菜才會更好吃。」自助餐老闆爽朗地笑著。

媽媽也忍不住笑了，「吃到美味的食物最棒了。」

「就是這樣。不管是再厲害或是再平凡的人，最先需要被滿足的都是從身體出發的慾望。把食物煮得香噴噴又可口是我的興趣。」一大白狗雀躍地跟上自助餐老闆的腳步。

媽媽又獨自在工廠待了一會兒。其中一隻年輕的狗走到媽媽身邊坐下。

牠的毛色黑白相間，以白色佔多數，有些黑色的毛從白裡微微透出，並不濃郁。黑白狗一副安然自在的模樣，全身上下散發友善的氣息。後來還側過身子橫倒下來露出白白的肚子，隱約中可以看見毛下粉紅色的乳頭。媽媽不敵牠的善意，用手輕輕摸牠的肚子，黑白狗舒服地瞇上眼睛，後腳跟著晃動。媽媽又搔了搔牠的下巴、臉頰、耳後，順著背毛撫摸牠修長的身體。黑白狗全身放鬆躺著，呼吸越來越深沉，鼻尖處在水泥地上印下一圈水氣。媽媽也深深吸了一口氣，慢慢地將氣吐出來。

有人說世界上只有人類是會微笑的動物，媽媽卻常常覺得狗也會笑。她看得見牠們笑的樣子，例如現在，所以她也跟著笑了。

27

女兒意外地提早回家，一個人在房裡。這個房間是女兒從小睡到大的，對一個成年女子來說稍嫌小了一些，裝潢也已過時陳舊。書架上還有一些念書時候留下來的小擺設或紀念品。過去用來貼明星海報的牆面被工作上使用的數據資料取代，充滿女人味的服飾佔據了大半的空間。

還穿著上班套裝的女兒一臉頹喪地坐在房間中央，雙眼發紅。

國中時，有一回她怒氣沖沖地跑回家也是像這樣躲在房間裡生悶氣，問了半天也問不出原因。個性好強的女兒絕少示弱，就算在家人面前也是如此。但這次女兒倒自己先開口，媽媽站在房門口聽她細數了一大串苦水，才稍微弄懂女兒在工作上遇到的挫折，這對年輕的她打擊不小，甚至考慮辭職。特別是第一次見識到人性中原有的欺騙與爭奪竟然可以不加掩飾地被當作美德奉行。世界運行的上下顛倒令她暈頭轉向，猶如被拋向失去重力的外太空。

女兒的眼淚沾溼假睫毛，臉孔也稍稍開始歪斜，使得表情看來有幾分高傲。不過眼妝被淚水化開暈得眼眶周圍濃黑，她的眼睛反而比平時更容易被看清楚。

媽媽一一拾起地上的衣服、雜物，有如踩著一個個突出水面的石塊才能抵達孤立於島上的女兒。不記得女兒有這麼多東西。

媽媽把撿起的衣物堆在床上，在女兒身邊坐下。發洩一陣子後，女兒已停止啜泣，眼淚同時洗去了些許防備。

「大家早就知道了，對不對？」懊悔的心情此時勝過之前的憤怒。女兒的肩膀垮了下來，全身靠在椅背上。

「大概吧。」媽媽努力想著如果是狗，這時候會說什麼。她想不起來。但她在靜默中撫摸女兒的長髮，就像她摸狗時。

「我回來的時候以為妳會在家，結果沒人。」女兒的語氣放得更軟。時間也慢慢地拖延。「好久沒好好待在房裡，每次回家都已經累癱。沒想到房間已經亂得像爆炸一樣。」

關於爆炸，媽媽倒記得一些事，她嘗試摸索著講給女兒聽，「很久很久以前，在世界北方的森林曾經發生過一次驚天動地的大爆炸。」

「有多大？」頭一次聽到媽媽說起這樣的事，這倒引起了女兒的興致。

「超過所有語言能形容的巨大。那座森林幾乎沒有真正被人類開發，一直以最野性的樣貌恣意繁衍。」媽媽好久沒有一口氣說這麼多話，發出語調的器官逐漸活絡後，流暢地說起她記得的故事。「會進入森林的都是純樸的樵夫或獵人，在裡面只取用需要的東西，因為他們相信森林裡有神靈或鬼怪，至少，不會給自己找麻煩。爆炸發生的瞬間，空中升起比太陽更刺眼的鮮紅火球。爆炸產生的衝擊波橫渡海洋上空，連地球另一端的國家，市區的電壓都受到干擾造成全面性的停電大混亂，又有好長一段時間夜晚的天空出現如白晝的光芒。」

「那一定死了不少人。」

「正好相反，因為幾乎是無人森林。這場空前毀滅性的爆炸之所以在人們心中留下如此神祕難解的印象，是因為至今還沒確切知道爆炸是如何造成的，各種派別眾說紛紜，沒有任何一方成功地說服其他人。」看著女兒房間散亂的雜物，媽媽試著要記起這個青光眼從遠方森林帶回來的故事。

那邊的人民世代相傳、警惕著，大自然可以不問原因就把一切都拿走。「位於森林邊緣的農舍、房屋當然是無一倖免。雖然只是簡陋的農具和傢俱，房屋也很破爛，卻是農民全部的身家財產。他們親眼目睹災難是如何把地平線上所有的一切都帶走，有些牧民甚至隨著居住的帳棚被一起捲向天空再落下。能夠保住一條命，心中都充滿對神的感激。」

「和桃樂絲一樣，跟著房子一起被龍捲風捲走。」

「嗯，不過森林裡的人沒辦法像桃樂絲一樣敲三下鞋跟就回到幸福家園。他們一直都在現實中奮鬥。爆炸的能量把參天的樹木連根拔起、折斷或推倒，許多動物被活活燒死。」

「完全無法想像發生這種事該怎麼辦。」

「這些靠土地生活的人一下子失去全部，得重頭來過。除了哭泣以外就是不斷地禱告，希望神能幫助一無所有的自己。」

青光眼不信神。說到這裡時，青光眼斬釘截鐵地說，「就算真的有神，人的生死悲歡對神來說太微不足道了。好人出意外，壞人得長命，這些祂都不在乎。祂要管的是大事，世界大事，宇宙大事，超越宇宙的大事。僅僅是一個人的生死祂根本就不放在眼裡。就像人不會為了一隻螞蟻拚命。可是人還是一直向祂禱告……」

女兒爬上床，直接躺在還沒收拾的衣服上面。小時候她最喜歡這麼做，躺在乾淨的衣服上聞著洗衣精的味道。媽媽等她調整好舒服的位置，又繼續說。

「消息傳回政府那裡後，多疑的統治者聽信讒言，認為這是上帝的懲罰。不管三七二十一，就下令封鎖那片森林。而既然那是上帝所為，也就沒理由派人前去察看原因。直到換了新的統治者，才意識到那起神祕大爆炸或許有很多可能性，為了想多了解事件的前後，動手蒐集了農民們的口述記憶。隨著每個生還者距離爆炸中心遠近不同，描述的情景都不太一樣，不變的是那團比太陽更大的火球。突然間從火球裡迸發黑色的磨菇狀雲朵直向外擴散，所有的東西，包括承載萬物的大地都在劇烈震動，之後就是森林大火。範圍之大，只能束手無策，任大火無情蔓延。」

「那動物呢？就算居民不多，應該還是有很多動物住在森林裡面不是嗎？」女兒從床上坐起來，皺著眉頭仔細追問。

「後來，森林裡的鹿身上出現奇怪的綠色黴菌，又增加了這起事件的神祕感。各種傳說四處盛行，附近的居民害怕得不敢接近。直到將近二十年後，才終於有科學家鼓起勇氣前往森林探察。他們僱用當地人做嚮導，帶著最先進的知識和設備踏進這片佔地廣大的祕境。隨著越來越接近爆炸的中心處，當地人被恐懼壓得喘不過氣來，心裡不斷地祈求神的原諒，也好幾次請求科學家就此放棄探察工作，立即折返。不過科學家強烈的好奇心令他們堅決繼續往森林的深處邁進。沿途有越來越多焦黑的動物遺骸，特別是大型動物的屍體尤其叫人不寒而慄。原本茂密的樹林這下全都光禿禿的，不見一片葉子，只見被截斷的樹幹倒臥在四周，埋沒了路徑。接下來看見的更令人吃驚。從爆炸中心向外擴散的樹幹全都呈放射狀倒下，維持在二十年前的那一瞬間，數量龐大又排列有序，可以想見爆炸驚人的威力。科學家還在地上和樹上發現無數的小玻璃珠，試了各種方式猜測但也無從查證。為了知道更多，他們還把幾個坑洞裡的水抽乾，結果湖底也只有樹木的殘枝，並沒有任何可疑的現象和物質。科學家抱著更大的疑惑離開森林，從此以後各界討論引據不斷，但是再也不可能有印證的機會。到底是地球外的星體撞擊所造成，還是外星人駕著飛碟經過，不小心摔下來，通通沒辦法千真萬確地證實。真相早在爆炸那一瞬間灰飛煙滅了。」

「一時之間好難相信發生過這樣的事。」女兒把下巴靠在膝蓋上，雙手環抱小腿，思考著。爆炸的火光在她眼中閃現，她的眼睛閃爍著。媽媽用掌心貼著女兒的手，她自己的眼睛現在一定也閃爍著。

「沒錯。面對好大好大的事情，要花點力氣去接受。雖然沒辦法解開謎底，至少人們相信自己是被神眷顧的，否則猛烈的撞擊在地球轉動的分秒之差下，爆炸地點就會是人滿為患的大城市。森林倒下後，給它一點時間，土裡會再長出新生的植物，動物會慢慢回來；大城市倒塌了，如果給它一點時間，倒塌的斷垣殘壁間也會長出新生的植物。沒有人類，動物會漸漸適應然後佔據。一切都會繼續生長，因為了解到這點，除了少數自以為是的人，大多數的人就和所有曾遭遇浩劫的人們一樣，他們聚在一起一次又一次地感謝上蒼，盼望能聽見上天的話語，被陽光照耀生命，走出黑暗的試煉……」媽媽的聲音靜靜落下。

爸爸回來了。她們坐在房裡聽著客廳傳來的動靜，開門，放下鑰匙，脫下外套，走路的重量感，打開電視機。都是她們所熟悉的爸爸的聲音。

「有時候我會希望狗還在家裡。」女兒說。

「真的？」媽媽很吃驚，沒料到女兒會這樣說。

「以前我常常會跟狗說話，雖然牠不會回答，可是我覺得牠好像聽得懂。每次把煩惱的事情告訴牠後，心情就會輕鬆許多，擔心和害怕跟著少一些。我記得小時候每到放學，妳會帶我和弟弟牽著狗去散步，妳還記得嗎？我們一起走到公園，在那邊玩一會兒才回家。弟弟本來很怕外面的狗，看到那些狗就趕快躲在我後面或是逃得遠遠的。後來也因為狗的關係克服對動物的反感，最後還變得很愛跟狗玩。」

「我想起來了。他們會比賽跑步。」

「對，弟弟根本跑不過還是執意要跟牠賽跑。狗一看到弟弟跑就跟著拔腿狂奔。弟弟一直說等他長大以後會越跑越快，到時候就能贏過狗，結果長大以後反而不想跑了。」

「我一直很擔心他。」媽媽說。

「妳一直很擔心大家。」

「因為我老是不知道你們在忙什麼。」

「那不是故意的。連我都不知道自己在忙什麼，我也覺得好煩好擔心，好像在黑暗中前進。」女兒嘆了一口氣，把胸中的憂慮一股腦兒吐出。「妳為什麼受得了我？」

「因為我是妳媽媽。」沒有遲疑。

「走在山路上跟走在平地上很不同。走在山上時，隔著鞋底，腳掌仍然可以感覺到起伏的地勢，凹凸不平的路面刺激著觸覺，再走回平地時反而覺得不踏實，輕飄飄的，好像少了什麼重要的東西。」

除了神祕森林爆炸事件，青光眼還提到很多溫暖人心的小細節。「賣種子的商店前面的小徑通向森林深處。小徑是積年累月用雙腳開拓出來的，只要順著路走下去就不會有問題，可以去到哪裡也一定可以回得來，是文明的記號。小徑的邊緣長滿小小的雜草和野花，只要有人使用，小徑就不會被植物淹沒。可是只要一個心血來潮，直接往路的旁邊走去，沒有經驗的人過沒多久就發現自己已經被森林團團包圍，不管怎麼繞都繞不出來，心裡開始著急。雖然溫度很低，卻已經緊張得滿頭大汗，差點就要放聲呼救。就算理智上知道路明明就在不遠的近旁，卻還是出不來。其實才一下子，不過只要想到萬一就這樣再也回不去，孤單的感覺突然膨脹得好大好大，壓在胸口讓呼吸變得急促。後來是樵夫們找到我的。他們嘴上叼著菸，接近的時候，一下子就能聞到菸味。跟著他們隨便便就走回原本的小徑，根本不需費力去尋找，好像只是在家裡的好多房間走來走去。」

有時候媽媽會懷疑青光眼何以記得這麼多枝微末節，好像記憶本身是從他的幻想中衍生，然後在現實中得到印證。

「在巨大樹木下的依生植物為了爭取更多陽光的照耀，生長方向無可避免地日漸歪斜，覆蓋在道路之上，況且本來就不打算留下道路。動物們各有不同的取道之法。」而青光眼的雙眼有朝一日或許會從此只留下黑暗中隱約的光影，就像爭相得到陽光進行光合作用的枝葉，繁茂地群聚，僅有零星的陽光被篩落，恍恍惚惚如置身夢境。

28

前一分鐘說的話，稍一閃神恐怕就忘記；有些小事卻怎麼樣也忘不掉，歷久彌新也磨心，如同一個緊握在手中的信念，不時惦記。

然而時間就這樣窸窸窣窣地過了。

而人們還是費時費神地談論無關緊要的事情，且不惜爭論甚至大打出手，卻從來沒改變過什麼。

就像媽媽整理冬天衣物準備迎接越來越炎熱的天氣時，在外套的口袋裡發現一張收據。是一年前辦理狗的喪葬手續所開立的證明。穿著黑色西裝的男子詢問狗的名字，然後慎重其事地寫在表格最上面一欄。

狗死掉的那天氣溫下降很多。狗的身體雖然冰冷，但閉著眼睛，嘴巴微微張著像要說話，又像在微笑。

時間在媽媽的手裡畫出許多道痕跡，像用粗糙的石頭搓洗，使它滿布皺紋。

氣候轉好，白天裡灑進室內的陽光更充足了。最近這幾天，媽媽經常在早上時聽到啪噠啪噠的聲響，尋遍家裡各處後卻找不出是哪裡發出的聲音。

啪噠啪噠聲有時候持續猛烈，有時候又斷斷續續不連貫，有時候由遠而近，由近而遠。那麼應該就不是機器的聲響了。媽媽把窗戶關上，把會被風吹得啪噠啪噠響的東西都收好，聲音還是在早上時分不知不覺接近，一段時間後又消失。

啪噠啪噠。

能對這個聲音產生的想像力都已經用盡，還是找不出到底是什麼東西在作怪，最後甚至開始預測並且期待聲音的出現。

啪噠啪噠。又來了。

媽媽躡手躡腳在安靜無聲的家裡循著聲音摸索，經過廚房、餐桌、沙發、櫃子。終於在冷氣機上方找到聲音的來源，一隻巨大的黑鳥。

應該不是烏鴉，跟印象中不同，但全身布滿黑色羽毛以及牠極寬的翅膀，怪不得能拍打得如此響亮。當牠在冷氣機上那個狹小的空間揮動翅膀時，撞上旁邊的玻璃，拍打聲便更響亮。

你好。媽媽站在椅子上，透過冷氣機上面的玻璃窗戶觀察這隻黑鳥，向牠打招呼。這個家許久沒有動物到訪，沒想到是一隻黑色的、頗大隻的鳥。

黑鳥不理會媽媽，繼續歪著頭用尖尖的喙梳理烏黑的羽毛，整潔得值得令人驕傲。已經有好一段時間，黑鳥把這裡當做飛行的休息站，冷氣機上面有一些牠帶來的葉子和草，剩下的就是牠的羽毛。

據說，當世界在夜晚還是一片漆黑時，月亮的光芒在大地間無可比擬，不論是陰晴圓缺，它和太陽一樣指引著萬物。天上的飛鳥在黑夜中遷徙的時候，如果迷失方向，只要朝著光亮飛去就可以重新獲得方向。月亮也能幫助牠們遠離壞天氣，平安度過每一次遠程的航行。

但是現在會發光的東西實在太多了，飛鳥們喪失判斷的依據，紛紛亂了方向。既使是在荒郊野外也是如此。許多飛鳥迎上矗立在荒野中的基地臺或電塔，或是被電塔的磁場干擾而不斷地繞著電塔轉，停不下來，甚至被纜線纏住。最後都導致死亡。

而住在城市裡的鳥，要躲在哪裡休息呢？看見牠們時，總是成群結隊飛過頭頂的天空，或是短暫地停留在高處。或許依然還會停在樹上休息，只是有葉子的保護讓人無法輕易察覺。

牠們從哪裡飛來的？在哪裡找到食物？

媽媽特地準備食物和水，趁著黑鳥來之前恭敬地放在窗戶旁邊，期待牠能享用，有如虔誠的信徒請求神能享用第一批採收下來的果實。

直到過了好幾天以後，黑鳥才第一次啄食碟子裡的飼料。

黑鳥的眼睛很圓，不明白牠在看哪個方向，也或者不是用看的，而是用別的方式。媽媽躲在玻璃窗戶後面，靜悄悄地看黑鳥吃飼料，啄羽毛，歪頭扭脖子，啪嗒啪嗒拍翅膀，踱著小碎步子，突然又飛走。

媽媽沒辦法跟黑鳥一起飛走，像和狗一起散步那樣穿過大街小巷。她又替小碟子添飼料。同時，她把狗的碗收到櫃子裡，和牠的牽繩放在一起。

青光眼的工作越來越忙碌，見面的時間不多了，但若是見著了總還是會聊上許多。只是說話。

「讀幼稚園時，每天吃點心前都要做禱告，感謝神賜給我們食物，一天好幾次。每天的點心不太一樣，有時候是紅豆湯，有時候是牛奶餅乾或水果蛋糕，但是禱告的內容大同小異。大家都是年紀很小的小孩子，雖然由老師帶領大家唸禱告詞，但還是經常唸錯。不管唸幾次都會有人唸錯。小孩子不懂得小聲說話，禱告時就和唱歌一樣用力大聲地唸出來，很有活力。禱告完以後就大口吃點心。午睡前的禱告，老師要我們蓋上棉被，閉著眼睛唸。每天都有小孩子來不及唸完就睡著。至於我常常是唸完以後又睜開眼睛，東張西望，好動得不得了，等老師走過來再趕緊閉上眼睛，或是瞇著眼睛偷看老師們在辦公桌前寫字，剝橘子吃之類的。有一次老師和另一位老師壓低聲音說話，說著說著老師就哭了，眼睛紅紅的，抽了幾張衛生紙擤鼻涕。午睡時間結束後，老師笑瞇瞇地把大家叫醒開始下午的活動，看起來一點事也沒有，眼睛也不紅了，只有桌上還擱著皺皺的衛生紙。」

「我以為你不信神。」媽媽問青光眼。

「應該說不知道怎麼信吧。神不會理會細節，可是人活著最難面對最難抉擇的不就是各式各樣瑣碎的細節嗎？神頂多是指出一個模糊的大方向，剩下的還是要靠自己。問題是我們看不見大方向，只能憑運氣往前走，那到頭來不也還是得靠自己嗎？」工作一多，青光眼需要盯著電腦螢幕看的時間增長，眼睛常痛。眼球後面好多神經被扯得緊緊的。但他還是一直工作。

媽媽說，「也許相信了會比較心甘情願？」她自己也不全然有把握，「我寧願相信。相信狗死了以後是去一個充滿快樂、希望的地方。」

「妳當然可以這樣想，沒有人會阻止妳。重點是妳能因此得到滿足。」

青光眼的理智帶有拒絕軟化的倔強，偶爾會令媽媽厭煩，但那是他好不容易鍛鍊出來的，所以媽媽從不明著排斥。

「那麼你後來還會祈禱嗎？」

「宗教上還是非宗教的？」

媽媽聳聳肩，也許她還不確定自己真正的問題。

青光眼一手按著左邊的太陽穴，最近只要眼睛痛時就會這樣按著。「高中時，班上有一位同學生病，血液出了問題，是女孩子。從診斷出來到去世，跟病痛奮鬥了一年。最後的時間已經沒有來學校上課。那段時間的氣氛好詭異，明明只有幾個月，卻覺得好長好長。習慣了她的空座位，沒交的作業，空白的點名表，集會的時候有人會往前遞補她的位置。好像全班同學一起等著她死去。可是沒有人希望她死掉，至少不要是和自己同班時，至少等大家一起長大，以後再各自用不同的方法死去也好。心裡有這種殘忍的想法。那時候全班同學拿出各種信仰，有些人聚在一起禱告，有人抄佛經，有人做儀式。本來同學間從來不會提到自家的宗教信仰，其實每個人多多少少都有所接觸。信的神雖然不同，但心願是一樣的。直到有一天，老師走進教室，宣布女孩子去世。很難過，但鬆了一口氣。我沒有向任何人說出心裡的想法，可是從大家臉上的表情感受得到，終於可以不用再背著她健康地活著的感覺。抱著坦然的悲傷參加女孩子的葬禮，然後就結束了。」

「畢業紀念冊上有她的照片嗎？」

「我想想，」青光眼真的歪著頭斜盯著天花板想了好久。「沒有。」他又說了一次，「沒有。升上高三以後，大家就沒再提過她，也沒有同學跟她的母親聯繫。」青光眼停頓一下，突然想到又說，「啊。葬禮上看到她的遺容變得好瘦，完全認不出是她。我嚇壞了，所有難過的情緒都被躺在棺材裡那具身體嚇得退到一邊。從此以後我對死亡就留下奇怪的理解。」

「她躺在裡面穿什麼樣的衣服？」

青光眼沒聽見媽媽的問話。「高三那年，夏天。有一天中午，和同學坐在窗邊吃便當。突然聽到警鈴聲大作。當時學校對面剛好是殯儀館的火葬場。看見殯儀館的人七手八腳把蓋著布的遺體推出來排列在空蕩蕩的停車場上。火葬場裡冒出好大的濃煙，其他同學直吆喝更多人到窗邊圍觀，大家看了都哈哈大笑。我也是。一床一床等著要被火化的遺體排在停車場上躲避也許會延燒的火災，真的是太滑稽了。本來應該很莊嚴的地方，所有人都慌慌張張，忙進忙出的。」青光眼乾笑了幾聲。「那天下午上課時，教室靠馬路的窗戶全都關上，以免太多濃煙飄進來。那個畫面我到現在還記得好清楚。幾年後同學會大家再相聚，提起這件事，每個人都記得好清楚，包括那天好熱好熱的天氣。可是卻沒有人提過女孩子。大概也燒得一乾二淨了吧。」

相當年輕就死去的女孩子，臉孔應該來不及歪斜吧。「之後就沒再禱告過了。想要的都盡力自己完成，真的做不到的就不勉強。人不應該讓自己站在錯誤的位置上。妳是平凡的，我是平凡的，每個人都很平凡，我們要的都一樣，不外乎是吃飽、穿暖、睡好覺，這是用再多東西都不能取代的需要。越平凡的人越是幻想自己或許可以偉大，以為可以不斷超越眼前的障礙，甚至可以捨棄原本的自己。可是當人爬到了夠高的位置時，還是得循著原本的路徑走，完全沒辦法跳脫出來。人終究是這樣的平凡。每次都以為自己需要那些東西，可是事實證明不是這樣。當你開始執著下一樣東西時就已經證明，之前以為最重要的東西根本不重要。既然這樣，何必還要執迷不悟，認為自己眼前的東西是最重要的？」

媽媽想到黑鳥，牠的脖子轉來轉去探向四方時，眼神睥睨一切。但是牠為什麼會選擇在那樣的地方休息？冷氣機上方的空間對牠的體型來說稍嫌委屈，牠可是擁有寬闊羽翼的飛鳥啊。

「但我們還是可能擁有改變世界的機會，你這樣想太悲觀了。」媽媽說。

「那又怎樣？妳能改變自己嗎？滿足了嗎？如果連自己都沒有得到滿足，這一切有什麼意義。

做這些事不就是為了要滿足自己而已嗎？」

「人不可能這麼自私的。」

「妳不要以為自私就是不好。自私只是為了過得更好，才會有這麼多改變。」

整個世界有三分之一的陸地被人用來製造吃不完的食物。在從前，飛鳥們靠俯拾皆是的草根飽腹，但後來越來越多草場被闢為田地，牠們只好吃農人的作物。動物們為了吃喝滿足，也自私地在尋找食物。但因為牠們沒有太多選擇的權利，反而在適應上沒有太激烈的掙扎。

「至少動物死掉沒有太多東西要『處理』掉。」狗曾經對媽媽說。有些動物預知自己生命將結束，會自行離開同伴的身邊，找到隱密處，獨自靜靜死去。

至於飛鳥和游魚經常因為生存環境的改變與威脅而集體走向生命的終點，不再延續。就好比家人之間得到同樣疾病的機率，並非只有依靠遺傳所致，有時候僅僅只是因為你們是一家人，有著相似的生活習慣與個性，一天一天的。

所以，當醫生宣判爸爸得了胃癌時，震驚之餘似乎也只是應驗了早被宣告的預言。

很快地，爸爸住院。病人與家屬的角色顛倒。被很多管子綁在床上，爸爸笑著說好像遊客與柵欄裡的動物互換位置。生病的爸爸，變得很親切。

29

「媽媽，妳怎麼沒來看我？」

「你在哪裡？」

「我在醫院裡呀。隔壁的狗好愛叫，真受不了。」

狗到底在哪間醫院，怎麼想不起來呢？可是媽媽還來不及問，電話就掛斷了。

醒來之後，媽媽盯著醫院白色的天花板看，一隻蟲子直往日光燈管不停撞上去，重覆發出「嘶嘶」一聲，延續夢中電話掛斷後的一片空白。

記憶中，醫院特有的藥味依然不變，刺激著剛睡醒的嗅覺。床的一側掛著爸爸的尿袋，在清晨陽光的照耀下，尿液透明金黃，彷彿極其貴重。而對生病的人來說，每天能順利排尿，且尿出令人滿意的尿量，色澤佳美，確實是極其貴重的。

爸爸住院以來，媽媽睡在醫院相伴。爸爸擔心醫院的床不好睡，好幾次要她回家休息，但媽媽還是每天守在醫院，就算多數的時間只是在等待。醫院裡排滿各種程序，替每個病人做檢查、治療，樣樣都得等上好久。再大的病痛來到這裡，就只是眾多病癥中的一種：有些病發出難聞的氣味，有些病發出痛苦的呻吟，有些病扭曲原本的形狀，有些病照見了孤單的病床與冷漠的人際關係。

爸爸稱得上是個好病人。他逆來順受的個性這時候派上用場，向來沉默寡言使他鮮少抱怨治療帶來的折磨。胃癌發現時，已經是末期了。

「好險。否則不曉得還要拖多久。」爸爸樂觀地說。

躺在病床上的爸爸不說話時，表情看來和坐在河邊發呆時一樣，他讓時間與河水一起流逝，安靜得連水聲都聽不見。這時媽媽會打開電視機讓聲音充滿整間病房，和在家裡一樣。她把電視轉到爸爸愛看的新聞臺，把遙控器放到爸爸手裡。

可是爸爸反而把電視關掉，想和媽媽說說話。

媽媽告訴爸爸她做的夢。

「狗到底在哪裡？為什麼狗常常在夢裡要我去接牠，好像狗還活著。」

「可能是因為狗不肯喝孟婆湯吧。喝了就會把生前的事全部忘光光。」爸爸說。

「有可能。狗不喜歡在外面喝水。除非很渴的時候才肯喝一點點，否則寧可忍到回家才喝。」狗習慣用自己的碗喝水，在外面這麼久一定又累又渴，怪不得頻頻在夢中要媽媽去接牠。媽媽若有所思。

狗，是媽媽做完乳房切除手術後，爸爸為了安慰她，從工地帶回來送她的。

社區蓋好以後，看門狗已經沒有用處，恰好爸爸和同事代表市政府去驗收，看到年紀還小的狗。從冷氣房裡走出來的管理員指著狗一副不耐煩的樣子。和社區裡其他佔地為王的同伴相比，狗顯得好弱小。爸爸想起剛動完手術，虛弱的媽媽。

或許是在工地被欺負慣了，狗剛到家裡時一點也不調皮，不會亂咬東西大肆破壞。白天時，只有媽媽和狗在家，他們很快建立起彼此的默契。

漸漸地，媽媽什麼事都對狗說。他們十分要好。

「妳和狗這麼要好，讓我很吃醋。」爸爸越來越習慣醫院的病床，他的氣色和床單顏色越來越相近，「妳常跟狗說話，妳對狗說的話比對我說的還多。」爸爸的笑容和以前不一樣，是甜的。

媽媽遞了一杯水給他喝，他只抿了一小口。每次媽媽替爸爸做點什麼，爸爸都會說謝謝，但是生病的爸爸處處都少不了媽媽幫忙，一天下來不知道要謝多少回。

「不要再謝來謝去，省點力氣多休息吧。」聽久了，真令媽媽不自在，旁邊的人還以為她是外頭請來幫忙的。後來爸爸用微笑代替。爸爸的雙頰日漸凹陷，唯獨他笑的時候腮幫子鼓起來，添了幾分生氣。

兒子和女兒有空時就到醫院來，但不多久，爸爸便催促他們回家休息。

「這裡位置又不夠，別都擠在這裡，快回去。」爸爸搖搖手，鬆垮垮的袖口也跟著晃來晃去。

剩下他和媽媽時，他就叨念著對兒女的擔心。

「人在這裡時你不當面說，把人家趕走了才嘮叨個不停。」

要是以前被媽媽說上幾句，爸爸肯定不甘示弱回嘴，現在不同了，他聽媽媽說什麼都靜靜地笑。雖然笑容被疾病困住，施展不開，但還是甜的。好像吃越多苦藥，他的笑容越洋溢著欣慰。

爸爸也說起從前的往事，許多媽媽早就忘了，爸爸卻連小細節都記得，而且只說開心的事，說上好幾天。到底哪些是真的哪些是爸爸胡謅的，媽媽也分不清。聽著聽著就覺得過往歷歷在目，也跟著笑起來。

「妳以前很愛笑，一點點小事情就可以讓妳開心得不得了。」

媽媽沒答話，但難為情地收起笑容，變回平常沒有表情但有點憂鬱的神情。

不過爸爸並不氣餒，「我好久沒看到妳笑了。我幾乎要忘記妳笑的樣子。有時候看到電視裡一些女人笑起來很像妳，但又不確定到底是不是。也許電視裡的那些人都用一樣的方式笑，看久了以後我就以為妳也是這樣笑，也許當大家笑不出來卻又不得不笑時，就只能用那種方式笑。」

「我也是。我也忘了自己笑起來是什麼樣子了。」

「很好看。」爸爸說。漸漸失去力氣後，爸爸的臉孔不再歪斜。

有一陣子，爸爸不讓狗進臥房。但是爸爸出門上班後，狗會悄悄溜進臥房向媽媽道早安。

「我忌妒啊。妳對狗比較好。」媽媽沒有回嘴。她用手指爬梳爸爸的髮際，用指腹緩緩揉著他的耳後。爸爸舒服地閉上眼睛。

生病的味道，不管是人還是狗，都一樣。

幾天前，媽媽回家拿換洗衣物，順便餵黑鳥。她發現窗戶外那只碗裡已經裝滿飼料。有人在替她餵鳥。

兒子房門仍舊掩著，但留了一道細縫。關上窗戶時，窗框咬合不順發出尖銳的嘎吱聲，兒子在房裡或許正聽著。

那天下午陽光大剌剌地照進室內，地板發亮，也照見角落的幾撮狗毛。媽媽的回憶在這些日子來被重新攤開在陽光下，享受烈日的曝曬。

記憶中一次快樂的旅行。那年夏天，全家人一起去海洋樂園玩。外頭天氣酷熱，一家人坐在冷氣車裡也悶得不想說話。兒子一路上戴著耳機聽音樂，女兒一直盯著手機，爸爸邊開車邊聽新聞廣播，媽媽和狗擠在前座。車窗外的馬路閃閃發亮，令人無法直視。看久了眼前白茫茫一片。

狗一路上把頭倚在媽媽腿上，媽媽把手搭在狗的背上，不時地撫摸狗，氣氛令人昏昏欲睡。不過當時全家人同在車內，彼此好近。

夏天的海洋樂園人潮擁擠，海中生物在藍藍的水族箱裡悠游，順著水流漂動來去。一家人在樂園中走散後，媽媽乾脆到寵物寄放處陪狗。好不容易太陽西下，傍晚抵達預先訂好的民宿，大家都累壞了。只有爸爸依然興致勃勃地換上泳褲，跳進中庭的游泳池。爸爸游泳時大手大腳地划動卻前進不了多少，因為不會換氣所以僵起脖子把頭抬得高高的，名副其實的狗爬式，逗得媽媽大笑。

媽媽還記得那時候很愛爸爸的感覺。

沒多久前，遇上鄰居太太剛帶小孩上鋼琴課回來。

「好久沒看見妳家的狗。」自從孩子學琴後，鄰居太太家罵人的聲音少了，她變得親切多，經常笑臉迎人。

「狗已經死了。」媽媽訝異地發覺自己不再這麼難受了。回答時的口吻就像鄰居太太提到小孩下禮拜要去畢業旅行一樣。

「我前幾天才看見狗在巷口，怎麼這麼突然……」

「狗死掉已經是半年多前的事了。」

「那天我特別早起出門買早餐，看見妳的狗站在巷口，我心想狗是不是自己溜出來，也沒戴項圈，否則平常妳一定會陪在旁邊。買完早餐回家時，就沒再看見妳的狗，這不過是幾天前的事。」

連媽媽也開始疑惑。狗喜歡清晨溼氣還很重的時候，特別是春天時。大概這種天氣和出生的山上比較像。

巷口轉角有一棵樹，是狗出門和回家時都要撒上一泡尿的地方。倘若狗現在仍然維持這個習慣，大概也用媽媽看不見的方式過得好好的。

「要是妳再看見狗，跟狗說……」該對狗說什麼呢？媽媽一時想不到，「跟狗說，我們都很好。」其實狗什麼都知道。狗知道黑鳥經常來拜訪，也知道爸爸生病，所以才回來看看。一定是這樣的。

鄰居太太露出理解的微笑，儘管她的臉孔還是歪斜。躲在她身後的小女兒急著想回家吃點心。

媽媽好久沒有端詳自己的臉孔，倒是在病床邊一遍又一遍替爸爸擦拭流汗、嘔吐弄髒的臉。

一生中能記得的臉孔有哪些呢？他們最後都模糊成同一張臉，就像映在車窗上與自己對望的那張臉。甚至連狗的樣子都有些混淆。

「我好像還沒真的擁有過妳的東西。」

家裡頭就屬爸爸的東西最少，他似乎從來不買東西，不知如何消費。他有的，都是媽媽買的。他沒有自己的私物，沒有專屬的抽屜。

「你就是讓大家住在裡面的家。」媽媽安慰爸爸。

「好久以前我出國時，妳怕我在機場拿錯行李，在行李箱的把手上綁了一條花絲巾做記號。」

媽媽已經很久不刻意打扮，更別提戴絲巾了。

「我覺得很漂亮，那條絲巾很適合妳，就把它收著。等哪一天妳想用的時候才找得到。」爸爸不停說著從前的事。媽媽有時哭有時笑。

30

戴肉瘤項鍊的女人神色落寞地坐在醫院外面的花臺上，身後有一排矮樹叢，但她沒有心思欣賞。平常在健身中心的更衣室遇見她，幾乎都只圍了一條浴巾，不過媽媽經過醫院門口時沒認出她來，主要還是因為她脖子上少了那條狀似肉瘤的鮮紅項鍊。倒是她的雙眼哭得紅腫，像兩顆肉瘤掛在臉上。

她看上去已經有好幾天沒闔眼了，向不認識的人要了一根菸來提神。媽媽不愛菸味，但還是忍耐著為了聽她說話，陪著她。

「出事以後我很氣。我拿項鍊去教團叫他們還我錢，裡面的人反而叫我花更多錢，說是這樣才能化解厄運救我兒子。我如果有更多錢，幹嘛不讓我兒子接受更好的治療，為什麼要跟他們買那些垃圾。他們都是騙子。全部都是。」因為疲倦，女人的語調凌亂鬆散，像她好久沒整理的頭髮一樣。

「我真的好笨，以前怎麼會相信那些鬼話。」

「妳只是有需要而已……」媽媽安慰女人。女人沒問媽媽為什麼在醫院，媽媽就沒特別提起爸爸生病的事，反倒安慰她。

一輛救護車剛駛到醫院門口。她們看著病患被推進急診室，原本趴在門口的斑點狗悠哉地站起來讓到一邊去。女人熄了菸，扔在花圃。

花圃裡面已經有很多扭曲的菸頭。幸好樹叢的花依然開了。紅色的花朵任色彩盡情綻放，毫不保留，反正花謝了來年還會再開。

乳癌剛發病時，媽媽花了幾個禮拜在醫院各科間轉診尋找病因，各種病的名字從醫生嘴裡吐出。只是，醫療技術明明一直進步，為什麼疾病沒有減少，反而越來越多？莫非疾病是因著需要而被發明的？

「媽媽，我直話直說。會活下來就會活下來，該死掉時硬要活著也不痛快。動物才不會想替疾病取名字。」很久以前，聽到媽媽抱怨生病的事時，狗這樣說過。「既然妳不是醫生，拿自己的病也沒辦法，何不放鬆心情，別讓心也生病了。」

「你老是說這些心靈的事，聽起來怪肉麻的。」當時媽媽頗不情願，反正只要有狗在，任何心煩的事情都可以向狗一吐為快。

狗的死去只是單純結束生命，而人需要疾病來追根究柢，把所有不正常的、變異的都歸為疾病，再製造各種藥把病治好，甚至想戰勝死亡，向賜給生命的神宣戰。可是人在一面向神宣戰的同時，一面又伸手想抓住神的手得到生命。醫院儼然成了一座聚集各種宗教的聖地。祈求再祈求，捨棄白白得來的一切，只剩下白的牆，白的床，白的袍。

躺在病床上的爸爸越來越稀薄，越來越簡單，就像來年還會再開的花，毫不惋惜地凋謝。是否每一個快離開的生命都是如此？戴肉瘤項鍊的女人哭訴兒子的意外，之後便搭電梯上樓回病房。事實上，媽媽後來就沒再見過她，倒是在爸爸去世後遇見大學男友的妻子。她們不但同樣失去丈夫，也是同一家健身中心的會員，之前卻從來沒遇上，或者從沒認出對方。

大學男友的妻子指甲短短小小，像孩子的手，但指節卻相對地較粗。她現在一定還是經常彈鋼琴。這樣子很好。媽媽心想。用這雙手彈奏的音樂，或許很適合搭配可口的下午茶。不知怎地，媽媽有股衝動想握著那雙手，與她用手交談。

在最後的那段時間，爸爸經常握著媽媽的手。雖然他口裡不提想回家的事，但媽媽明白。

媽媽漸漸記起過去的片段，「我只記得結婚前，我們經常約在外頭碰面，不過你還是會到家裡來接我。後來結婚後你就不愛出門了，每次都說在家裡就好。」

爸爸的手越來越柔軟而且不忘記微笑。「我喜歡跟妳待在家裡，結婚前一直往外跑也是為了要見妳，可是現在妳反而常常不在家。」

媽媽告訴爸爸遇見戴肉瘤項鍊女人的事，她問爸爸，「我想去相信隨便什麼都好，即使是相信神也好，你會因為這樣瞧不起我，覺得我迷信嗎？」

爸爸說，「你們每個人都不在我面前提到死，怕我難過。不要這樣。」

「狗死了以後我沮喪了好一段時間，以前牠在的時候我常常對牠說話，雖然牠聽不懂，可是回到家，除了牠以外，我不知道還能對誰說話。我死後會見到狗嗎？」爸爸說。

但願狗現在在這裡聽著他們說話。

爸爸離開前，媽媽給了他一把鑰匙。

「只有這把鑰匙才能把這個鎖打開。」正是媽媽在健身房撿到的那一副，她還告訴爸爸關於鑰匙和鎖如何象徵愛情的故事。雖然她知道在鑰匙工廠裡有無數的鑰匙和鎖，這一副並非唯一，而且除了被開啟的那一瞬間，鎖孔都只能空洞地等待。而媽媽心裡早在很久以前就留下一個空缺，說不定是她的母親離開時不小心帶走了，往後她一直在尋找能將洞填滿的東西。

在山上社區埋葬老狗時，自助餐老闆挖了一口好深的洞。對老狗瘦小的身軀來說，應該是過大了，可是當他們把老狗放進去後，老狗死去的身體恰好填滿整個洞，彷彿被死亡的巨大所填滿。難道心裡的那個空洞只有等死了以後，自己躺進去才能填滿嗎？媽媽在尋找一把形狀吻合的鑰匙，能讓她進到自己裡面。

爸爸是被前妻離開的，他從來沒有要離開過誰。他只想在家。睡不慣醫院的床，他幾乎沒辦法好好入眠，半夜時因為疼痛不斷醒來。但他盡量不吵醒媽媽，直等到天亮時媽媽睜開眼睛，才打起精神笑著對媽媽說：「早安，媽媽。昨晚睡得好嗎？」

狗每次道完早安，會用溼潤的鼻子輕碰媽媽的手背。媽媽曾經問狗能不能看見鬼，狗卻說牠能分辨事情的真假，用牠敏銳的鼻子、捲捲的尾巴、豎起的耳朵和洞察一切的眼睛。可是這些媽媽都沒有。

世界是用無數的謎團揉捏成的。也許所有的謎團只需要一個最簡單的答案就能解開，就好比用一根髮夾可以打開各式各樣的鎖；也許要接近這個謎團的方式不是保有完好無缺，而是藉由毀壞的缺口更接近謎團，所以必須生病、悲傷、痛苦，甚至憎恨。而理解這一切的終點是死亡，所以到了最終，我們只是因為理解了才離開。爸爸也是。

後來兒子跟著一群經驗豐富的人到山上。起先只是花很多時間爬山，漸漸地參與更多工作，幫山上的人修補房屋、採收作物，從山下帶日用品給有需要的老人。晚上時，和大家一起睡在學校。他們把課桌椅搬開，打開睡袋，睡在冰冷的地板上，可是沒有人因此生病。學校的孩子們人數很少，幾乎每一個都認識他們。

山上的早晨很冷，不過太陽很快地就能讓大地恢復生氣，孩子們從家裡帶來熱騰騰的早餐，把他們叫醒。孩子們的喊叫聲洋溢在校舍裡。兒子和他的朋友們吃完早餐又要上路，往下一座村落出發。行囊雖然很重，但比起留在家中的一切，這一點維生的必需品實在算不上什麼，甚至有種全部都拋下也無所謂的感覺。

就這樣，兒子認識了不少人，也認識了不少植物。路途中遇上的人，幾乎都不會再見到了，倒是能一再見到熟悉的植物，像老朋友環繞著。

「人和植物都是，一旦認識，知道對方的名字，再見到時就不覺得陌生，就不會害怕。」兒子在寄回家的明信片上這樣寫著。

31

清晨的涼意還瀰漫在尚未甦醒的街道，媽媽已經在工作室樓下等了好久。此時青光眼還沒睡醒，媽媽不想吵醒他。

早起的老人家站在門口伸展四肢，用好奇的眼光打量媽媽，直到其他人陸陸續續出門上班。媽媽一直望著巷口，好像她在等待從外面回來的人。

超級市場門口停了一輛大貨車，從車廂裡卸下一簍簍的蔬菜水果，分別被裝在塑膠膜裡標好價格。超級市場的員工身手熟練地搬運貨物，年紀和兒子差不多大，不過連夜值班使他顯得有些疲倦。一隻早起的鳥從天空邊緣飛過，像極了常來拜訪的大黑鳥。

自從兒子離家後，大黑鳥就不曾再來過。

這是最後一次與青光眼見面。媽媽暗自下定決心。

剛起床的青光眼後腦杓的頭髮翹翹的，室內沉浸在一股夢境未消散的氣氛中。他泡了即溶咖啡，香氣立即解開迷濛的咒語，總算為房間帶來早晨的氣息。青光眼抓起桌上的麵包胡亂吃著，媽媽也吃了一些。自從爸爸生病到過世這段期間，媽媽和青光眼已經好久沒見面，倘若媽媽就此不再來，照理說並沒什麼刻意之處，但媽媽不想不明不白地切斷任何聯繫，所以特地來了這一趟，卻似乎沒必要說什麼，時間自然地替她做了切割。

因為不知節制地工作，青光眼病了，「醫生說身體裡的電線走火，劈里啪啦燒壞一大串功能。」他的頭發脹，超出能承受的負荷，頭皮的一處裂開，說話時他一下子揉著傷口一下子揉眼睛，眼瞼甚至已經脫皮。「都是很普通的小症狀，不過一口氣加起來還真有點受不了。」

對過度依賴工作的人，說再多都沒用。媽媽只是專心看著青光眼頭皮上的裂口。青光眼拿起一旁的紙筆，邊說邊畫了起來。

「外婆的菜園是用桌子的腳、窗戶的木框、長條形的地板，還有櫥櫃的蓋板，各種奇形怪狀的材料圍起來的。入口是一扇從歐式宅邸拆下來的門，門上還有鑲嵌玻璃拼成的玫瑰花圖案。不過外婆的菜園沒有種花，而是務實地種滿四季蔬菜，園子的角落則是迷迭香、薄荷、辣椒之類的香料植物。我喜歡隨手摘下一片葉子，在掌心來回搓揉，讓味道散發出來。菜園裡向著路邊的那一側種著木瓜樹。每到結實纍纍的季節，每天下午從學校回來都可以吃到。外婆用刀子把木瓜剖開，挖出來的黑籽丟在樹下，我們一人一半吃得好飽。除此之外，外婆不在外頭買木瓜，所以小時候只吃過外婆種的木瓜，味道好甜好甜。」

青光眼一笑起來，眼睛變得更小。書架上那張五歲時拍的照片在他身後，也看著她笑。媽媽同時望著這兩張笑臉，想像他們漸漸重疊在一起，竟然找不到太多差異。

「每次你笑，都好像回到五歲時。那張笑臉一點都沒變。」

「我已經四十幾歲，再過不了幾年就要五十歲了。」青光眼換了一張苦一點的笑臉。

「那不過是過了十次五歲罷了，在很深的裡面你永遠只有五歲，我看得見。」

媽對青光眼有強烈的需要，而且越是強烈越令她感到跌落的恐懼。若想到要看到青光眼，媽媽會覺得高興，會忍不住一直注意時間。「我不喜歡這樣，好像被網子纏住的鹿。」青光眼沒答話，媽媽又繼續說下去，「想到你的心情，不是會讓人發燙的愛情，也不可能像單純的朋友而已。我經常在心裡和你說話，就像你依然在我身邊。我真的需要你嗎？常常這樣問自己。還是說我需要的是想像中的你。可是我喜歡你總是會讓我笑的力量，就算是一株小嫩芽也能推開壓在泥土上面的石塊一樣的力量。我知道不應該再見你，經常自責，流下眼淚。我該怎麼辦？我到底該怎麼辦，才能從內疚中解脫？這樣很不對。」

「我花了一輩子在學習如何防備。在這個世界上除了我之外，可以傷害我的就只有妳。」青光眼說。

媽媽用沉默代替懷疑。立在角落的電風扇不住地旋轉，吹送初夏的風。

「我們這樣算愛嗎？喜歡彼此，喜歡能無話不說，但我感覺到你心裡有一個小房間。那個小房間是禁區，只有你能進去。有人在外面敲門，你就探出頭來很體貼地問，什麼事啊？可是你用身體擋住門口，不讓人瞥見小房間裡頭有什麼。」一股不知從哪來的力量讓媽媽說下去，「你非常體貼，不只是對我，對每個人都是。你習慣對人體貼，習慣一口答應所有的要求，習慣當好人，卻拒絕任何人對你好。你覺得我需要人陪，所以陪我，那你到底要什麼？」

「我什麼都不需要。」青光眼總是這樣說。

稍微長大些的青光眼終於擁有自己的房間，不再跟外婆睡在一起。

房間位於整座屋子的後面，隔著狹窄的後巷是一間空屋。從青光眼小時候起，那間空屋就一直塵封在荒煙漫草中，空屋的陽臺上有一套桌椅，椅子朝向青光眼的房間，就像有一個看不見的人盯著他的窗戶，這讓第一次擁有自己的房間的青光眼很不自在。於是他把房間唯一的一扇窗封起來，貼上最愛的漫畫海報。就這樣，原本就不大的房間這下子完全成了青光眼獨自的天地。可是他仍嫌這樣不夠，青光眼把棉被從床上拖到床和牆之間的地板上，剛好只容小時候的青光眼平躺的寬度。一邊是堅硬的牆，一邊是高起的床，躺在那塊凹陷的地緊緊被包圍，有種被擁抱在懷裡的錯覺，終於能讓他安心入睡。他一次也沒有作夢，既使有也忘了。

除了睡覺，青光眼經常關在房間沉迷在自己的天地裡，連外婆都很少進來。直到外婆的身體一日不如一日，他才被雙親接回去同住。

雙親在延遲了幾年後正式進入他的生命時，他已經在獨自的小房間裡找到最舒服的位置，因此他很乖巧，從不搗蛋，不向雙親撒嬌。只要能讓他趕快回到小房間裡，要他做什麼都好。偶爾他夢見外婆。外婆留在他心中最柔軟的部分，他全說給眼前的媽媽聽，有些回憶甚至是在述說的同時才被喚醒，剩下沒被記起的，連他都敲不開。

媽媽對母親的印象已不復記憶，直到那次在健身房的更衣室，一個剛洗完澡的女人站在媽媽面前更衣才被喚醒。女人的乳房很大，沉甸甸地垂在胸前，擴散的乳暈像一對瞪大的眼。女人絲毫不遮掩，就像掏出乳房哺餵剛出生的孩子的母親般袒露，媽媽感受到了，滿滿的母愛，同時還散發母親慣用的乳液味道。那是她童年時最喜歡的味道。

兒子從山上寄回來的照片，身後是一片荒地，他穿著耐磨的牛仔褲坐在一節樹墩上，傻傻地看著鏡頭笑。媽媽只注意到兒子陌生的笑臉，至於周遭還有什麼景色則想不起來，或許還有蜿蜒的小路，因為野草長得實在太茂盛而被淹沒。

家裡的人一個個離開，不過他們留下的東西在家裡沒有被移動過，充滿在媽媽的記憶裡。就像坐在一輛長途巴士，沿途經過許多風光，而有些留下了深刻的印象難以忘懷。不過車子會繼續按照路線前進，哪怕是天崩地裂也不多停留一刻。巴士抵達下一個村落時，前一站的回憶還在心頭繚繞，過了一站又一站，回憶開始有了改變。媽媽經過了狗，經過了爸爸，現在也將要經過青光眼，巴士搖搖晃晃甩開後方的塵土。

桌上的咖啡剩下微微的餘溫。在醫院裡，爸爸死去後的身體也是如此。媽媽以為她會害怕看見死亡的身體，但是逐漸冰冷的爸爸使她想起狗，就算死了還是保持可愛的模樣。不過就是這樣而已，心裡的不捨也只能這樣看待。最後只是她在回應自己的提問，反駁自己。

「你是不是要離開我了？」媽媽問青光眼。

「我不會刻意離開或是不離開，我只是一直在這裡。眼睛看不見的人是不可能跑到哪裡去的。」

「如果你不認為眼睛會看不見，這件事就不會發生。」

「妳自己不也是嗎？即使生病過了這麼久，妳從來不認為自己的身體已經恢復健康？」青光眼反問。

坐在窗邊，望見對街的超級市場，那是青光眼和媽媽初次相遇的地方。那時候狗還在。會說話的狗。

「媽媽，總有一天我們會再見面的。」媽媽幻想狗這樣說。

青光眼工作累時，就看著人們進進出出超級市場，看著與自己不相干的高樓屋宇，瞭望永遠摸不著的天空，再撇下全部一頭埋進工作。

「放在陽臺上的桌椅不過是一種巧合，旁邊一定還有別的景色。請你從小房間走出來被真實地擁抱。」媽媽認為狗會這樣說。

不，不要再想狗會怎麼說。狗已經沒辦法再說一言半語，這裡只剩下媽媽。已經沒有地方可以躲在後面或是用來依靠。

「你要多休息。」

「我怕有一天眼睛真的什麼都看不見，沒辦法工作，那就連活下去的機會都沒了。」

「你連眼前的每一天都錯過，還談什麼未來？」

「可是我得趁現在看得見時拚命工作，替以後作打算。」

「你只相信看得見的，手能握住的，等到看不見的那一天真的發生時，就算擁有再多也沒用。」

「因為……。」狗曾經對媽媽這樣說。

青光眼閉起眼睛，「或許幻想有一天眼睛會看不見，知道一切最後都會結束，會比較放心吧。所有難以忍受的都會從眼底消失，而且過程是慢慢的，光線漸漸減少，視線漸漸模糊，而不是『啪』的一聲通通都沒了。」

「但是在還能看見時，你要真的去看見。睜大眼睛，就算會痛也不在意。」媽媽用力地搖晃著青光眼的肩膀。

「嗯。」

「我該回家了。」媽媽放開雙手，視線溫柔地撇開。

青光眼送媽媽下樓，兩人站在巷口似乎在等待最後一道指示下達，甚至有點不耐煩。

「你先走吧。你看著我，我會不曉得該怎麼走路。」媽媽的表情認真得像一座城牆，久經千年的風雨而不曾動搖。

青光眼轉身回去後，媽媽不忍看見他的背影也隨即走了。她不知道青光眼是不是正回頭注視著她。

32

天氣漸漸變熱，日照時間增長後，人的身體渴望舒展。做瑜伽時滴下大量的汗珠，更需要舒緩的音樂幫助放鬆以及最後的大休息來沉澱思緒。明亮的燈光再次熄滅，連不滅的太陽也被阻絕在外頭，音樂轉為較深沉的低喃。

媽媽和教室裡的每個人被安全地守護在不被打擾的地方，如同相聚在地下道避難的難民，除了身上的衣服，來不及多帶其他東西便匆匆逃到遠離地面戰火的地底下。儘管外面天搖地動，因為有厚厚土地的包圍，聲音變慢了，搖動變柔軟了，甚至像隔著母親溫暖的羊水，不太能察覺到外面世界的動盪。

大家靜靜地躺在瑜伽墊上，闔上雙眼，在瑜伽老師的指令下更深地呼吸，將身體的重量全然交託給承受萬有的土地，連憋在胸口那最後一口氣都徹底吐出來。星球運行到相互輝映的軌道上，自黑暗中發光，然後連軌道運行的聲音都止息了，逃逸到沒有時間的地底世界。

呼吸越來越慢，越來越長，不只是身體身處在黑暗中，意識也被帶進濃稠的漆黑，重量正一點一滴從其中抽離，來自四面八方帶有涼意的清風一陣陣吹入加以稀釋，由上而下，又由下而上迴旋飛舞，直到被樹葉與枝枒編成的網輕輕篩落在略略潮溼的土壤上。

如髮絲般的細雨無聲地覆蓋在媽媽的身上，山上的社區沉睡在清新的靜謐中，規律而沉穩地呼吸依然綿長地持續著。

大白狗站在通往鑰匙工廠的山路，似乎早已在此等候媽媽。工廠的大門半敞，一隻母狗帶著牠的孩子們在門口的屋簷下玩耍。幼犬們撲倒在彼此身上相互囓咬軟綿綿的耳朵。母狗起身迎接媽媽。

走進工廠映入眼簾的是狗群們圍繞在自助餐老闆身邊，對於媽媽的來訪大夥絲毫不感意外。沒有戴塑膠手套的自助餐老闆的右手大拇指旁多生的那截指頭更顯突兀。無論其他的手指頭操作任何動作，它永遠兀自朝向另一個方向，意有所指地暗喻著目光之外正默默被忽略的事實，就好比團體照片裡唯一沒有看向鏡頭的人，令人好奇著沒被照片瞬間捕捉到的是什麼。

戴眼鏡的自助餐老闆原本就有一股與眾不同的氣質，在狗群團團圍繞下，加添了神聖的氣氛。但媽媽注意到平日瀰漫在工廠內的氣味卻消失了，不只如此，透過這種形式與外界連結的管道都變得有些不同，又說不上來是什麼樣的差異，但確實是更清晰了。景物的深淺與上下左右的區別。媽媽緊握著口袋裡那把用來開啟更衣室置物櫃的鑰匙，這是僅有確具的事實。

狗群們散去回到各自的角落，大白狗依然陪伴在媽媽身側，直到自助餐老闆走上前。「牠說，妳遲早會回來的。這裡和那裡很像，幾乎沒有不同，相似程度就好比眨了一下眼睛，前一秒和下一秒的差別。雖然表面上沒什麼不一樣，但這一秒和下一秒絕不可能沒有改變。」自助餐老闆瞧媽媽滿臉疑惑，指著腦袋說，「這裡的開關跳掉了，狗花了一些時間才幫妳切換回來。難道妳沒有感覺到嗎？」

打從狗離奇失蹤兩週後，媽媽和牠失去了聯繫的對話能力，用一磚一瓦堆砌的堡壘開始出現裂痕，既無法假裝看不見也無法填補裂口，只能眼睜睜看著殘破本身變成一條吞蝕掉堡壘的蛀蟲，自己則恐懼得全身僵直，動彈不得。半倒的牆垣外來來去去許多人，最終都如同虛幻的鏡像不堪一擊而碎成一地扎人的碎片。然後連狗也走了。

狗深知這一切，恐怕也早知道這一切將如期發生，並且試圖為媽媽重新打開將熄滅的開關。

「是我的錯，所以狗才會死掉。」

「妳怎麼會這麼自以為是，認為自己可以左右其他生命的生死？狗的死亡是牠自己的事，牠沒辦法選擇也沒辦法逃避。若要說狗到底做了什麼，也只是退開來讓妳親身去經歷。人不會因為偶然聽見的一句話就徹徹底底改變，事情發生都需要經過醞釀。」自助餐老闆說。

「我一直想要把事情做好，結果卻一直在錯誤裡打轉。」

「從來沒有做錯事反而不是很奇怪嗎？大部分的人都抱著贖罪的心態要活得更好，對得起過去的自己。只有理解自己曾經犯過的錯，才能坦然地活下去。妳要讓自己活得好好的，跟每個人一樣，握著手中的殘缺活得好好的。」

媽媽攤開掌心，和她一起回到這個世界的只有一把小小的鑰匙，因為用力握著而在掌心印出了一道痕跡，不過鑰匙也因此留下掌心的溫度。外頭的雨越下越大，厚厚的雲層布滿天空，工廠內變得灰暗，淅瀝瀝的雨聲終於增強得無法再忽視。斗大的雨滴重擊在屋頂上，簡直像用鐵鎚拚命敲打屋頂，非得把屋頂敲開，完全敞露在天空之下才肯罷休。

工廠裡的狗群錯落有致，在昏暗中只剩下一道連貫的剪影，定靜成教堂裡歷史悠久的壁畫，歌頌千古流傳的故事，將人間的汗水與淚水都蒸發成輕飄飄的雲朵，時而聚集，時而消散。不論經過海洋還是崇山峻嶺，它們只是隨著風改變形狀。

住在高山的人們，每日舉目所見皆是無邊無際的天空和無拘無束流動其中的雲。他們知道自己就如同那些雲，所以甘心任憑命運支配。對他們來說，為了讓牲口吃到肥美的草料，或者為了到另一座山谷祭祀，他們才會背起行囊爬上聳入雲霄的高峰。否則他們終此一生，從來不會為了挑戰高山而去攀登。如果有時間，他們更願意帶著剛烤好的麵餅與自家牲口產的乳汁製作的乳酪，全家人一起到草坡上野餐，並且面朝大山捻香祝禱，吟誦家鄉的曲調。

住在高原上的人一輩子沒見過海。有人在村裡開了小雜貨店，為了帶給村民新鮮感，從大城市裡進口了魚罐頭。

他們的語言裡也沒有「海」這個字，要形容海讓他們明白，只能用「好大一片水的森林」來說明，也說是「倒過來的天空」，人可以在天空裡划船。

沒有牙齒的老人家聽了呵呵笑，又彈起口簧琴，也許是想把這個神話編成歌謠傳唱下去吧。

老人沒法想像為什麼村裡年輕的孩子只要坐上嘟嘟嘟的火車，不多久就能見到海，而且迷失在海裡不肯回家。老人還以為路程遙遠，所以孩子們遲遲無法回家，因此每天清晨不間斷地為離家的孩子唸誦祈福。

青光眼和同行的夥伴告訴老人新的發明。「多遠？」老人想知道透過電話，聲音能傳多遠叫他的孩子聽見。

「要多遠就有多遠，世界各地都能找到。」同行的年輕人搶著回答，說完又為著老人的單純而笑。

「隨時都可以說上話？就像在家裡？」老人其實耳朵壞得差不多，說話時都得卯起來喊。

年輕人也得意地喊道，「是啊，就是上到外太空都能和地球上的人通話。」

「真了不起。」老人嘖嘖稱奇，嘴巴皺得嚈在一起。老人突然想到，「能跟神說話嗎？」

「那就沒辦法了。」

「我每天都和神說話，做飯時，餵牲口時，我一邊跟神聊天。」

年輕人哈哈大笑，將老人看做孩子似的天真，「真是了不起的發明。」

老人笑得像未長牙的嬰孩。

儘管和青光眼不再見面，他曾細數過的旅行回憶早已悄悄匯入媽媽心中那片寧靜的低谷中。但也只能留在那片無人知曉的低谷中，就像這座隱密在山區的工廠。

「這座工廠被閒置在這裡，底下那片社區在意外後，很多居民因為恐懼而搬離起初嚮往的家園。每當發生災難時，人就會有種被神遺棄的念頭，不過事實上只有人會遺棄別人。」自助餐老闆說，「從團體中離開後，我決定靠自己的力量擺脫雜草叢生的荒林走回道路上，雖然之前發生許多不愉快的事，但還是製造了外表看不出來的更動。裡面的次序重新整頓後，乍看之下雖然沒什麼不同，可是排列順序、路徑、組成的樣式都更新了。這完全不是眼睛耳朵能察覺，語言可以講述，可以指給別人看說，這裡還是那裡不一樣了。完全沒辦法。一個新的國度就在裡面建造起來，像是一座島嶼藉著板塊擠壓從海中央升起，全新的生命自浮上海平面那一刻開始締造。要知道會有這麼一天，過去、現在、未來所走的每一步都為了朝向那個目標。一路上，葉子、雜草、野花、石頭等快速掠過，光影的變化調和在一片祥和的色調中，讓人目不暇給。越過這些景致，目光繼續延伸，望見的那座遠山幾乎沒有因為路途的遠近有所改變，因為它實在太壯大了，而那正是你要前往的目的地。這些都是狗告訴我的。牠在我那邊時，每天晚上滔滔不絕地說，好像擔心還沒來得及把話說完時間就到了。」自助餐老闆深吸了一口氣，又慢慢地吐出，「狗還說了好多，但我記得的只有這些。」

自助餐老闆的雙眼炯炯有神，在昏暗的室內如同指引方向的座標看著高處的氣窗，那裡是唯一能看向戶外的視野。雨水以利刃般的氣勢劃過玻璃，切割出綺麗的花紋，令人彷彿置身在只有微弱燭光照明的教堂內，目光不由自主地專注於引入天光的鑲嵌玻璃，風雨交加的咻咻聲高低音交錯，唱著屬於時間的聖歌。為了模仿遙不可及的主宰意念，人們串起音符的串珠，一階一階地拾級而上，期望能一窺深不可測的天幕之後是一雙什麼樣的雙眼正注視著我們。

滂沱的雨勢從天降下澆灌整座山，沿著樹和葉往下流去，流進泥土裡，深深地滋潤植物的根。雨水也不留情地淋在媽媽身上卻不覺得冷，反而感到一陣急切的尿意。媽媽就近在一株大樹旁蹲下解尿。熱熱的尿自股間洩出，和雨水混流深入土壤。飽脹的膀胱同這陣大雨不知忍耐了多久，終於可以暢快地宣洩，便更加一發不可收拾，一時之間還要持續好一陣子。

在亂雨中，似乎有一雙眼睛靜靜地凝望著媽媽，好像正是那雙緊緊環抱的目光使得媽媽既不覺得冷，也不感到害怕。那雙似曾相識的眼睛散發恆久的專注。這份澄澈的專注曾經陪伴媽媽多年，媽媽差一點就粗心得要將它忘記。

媽媽閉上眼睛享受從目光而來更清晰的觸摸。

再次睜開眼睛時，瑜伽教室裡其他人已經走光，剩下掃地的女人掀開每一張瑜伽墊，清掃掉了滿地的頭髮。

教室外面正在做重量訓練的人們都仰起頭盯著掛在牆上的電視，新聞正在播報最新的水災災情。畫面中等待救援的災民無助地坐在屋頂上，漫長的等待使他們看起來有些漠然。傢俱、車子等數不清的東西從他們眼前的洪流經過，搭配健身中心例行播放的電子舞曲。

一個正在練拳擊的女孩，停止揮拳，抱著沙包喘氣，像抱著在大水中失散的親人。

33

媽媽在旅程中見到青光眼口中的山與森林，甚至看見什麼都沒有的曠野。

車子開了好久，根本看不出哪裡才是道路，只有心中依稀的方向。一路上，司機聽著陌生語言的流行曲調，遇到同路或對向的巴士司機，他們就大鳴喇叭打招呼。媽媽在車上不知睡了多少回，醒來看見的風景總是大同小異，偶爾經過小村莊停下來歇息，立即被兜售飲料、食物的孩子們包圍。一開始，媽媽盡可能買上一些，久了之後就跟其他人一樣避到餐廳裡吹冷氣，喝冰箱裡拿出來的飲料。每個村莊的孩童都十分相像，維生的方式也是，再大一點，就會跟他們站在一旁抽菸的父親一樣靠著當司機，載觀光客參觀祖先留下來的寺廟維生。

導遊還帶他們去到地底的城市。媽媽鼓起好大的勇氣才敢走下那道狹小陡峭的階梯。

很久以前，為了躲避不同信仰的敵人迫害，整個城鎮的居民在很深很深的地下挖掘出一座如蟻窩的城市，牽著家中的牲畜避居在裡頭數十年，生下新的生命，埋葬老死的。

媽媽跟在參觀隊伍後面，心中的恐懼油然而生。看不見日光的地底是永遠的黑夜，這對於生活在幾乎沒有黑夜的現代人來說很難體會。不過，在這完全黑暗之處，只需要一點點光就可以驅趕黑暗，使人不再被黑暗裡不著邊際的幻想勒住。

祭壇前永遠點著微弱的燭光，即使到了今日仍舊如此。行經的觀光客也會掏出一點零錢點一盞燭光，為著旅途平安，或者為了到哪兒都放不下的擔憂祈願也好。

好不容易回到地面，熱氣蒸騰使人無不汗流浹背，當地人依循習慣沖了熱茶消暑。在歇腳的園子裡有一隻頂著淺棕色鼻子的黑狗，嘴裡銜著一根木棍在找人陪牠玩。媽媽接過木棍，往門口的樹下扔，黑狗立即拔腿衝去咬回來，擺尾央求媽媽再玩一次。就這樣，媽媽和黑狗玩了好幾回。園子的主人沖完茶，笑著走過來向媽媽搖搖手，另一隻手臂則用力往前揮，口中說著媽媽聽不懂的話。幾次以後媽媽才會意過來。她把木棍丟出園子外好遠的草堆裡，黑狗毫不遲疑地衝出去，不一會兒就把木棍撿回來。園子的主人鼓勵媽媽再丟遠一些，園裡其他的旅客也興味昂然地加入。媽媽拿著木棍走到門口，黑狗興奮地跟在媽媽旁邊轉圈。媽媽高舉手臂，卯足全力，這次果真把木棍拋得好遠好遠，黑狗像一抹影子飛奔出去。媽媽站在門口等了好久，黑狗還是沒回來，後來巴士即將要出發前往下一站，媽媽只好作罷。

車子沿著小鎮彎彎曲曲的碎石路前行，兩旁是順著山坡建造的矮房，顏色相近整齊有致。媽媽瞥見黑狗趴在一戶人家的門前陰涼處打盹，前爪還牢牢抱著心愛的木棍。

繼續在前方的，又是無垠的曠野。

搖搖晃晃的巴士載人們進入無盡的瞌睡裡。鋪在地表的棕色砂礫包覆起伏的丘陵，好像躺臥休息的狗，媽媽會溫柔地順著狗棕色的毛撫摸，讓牠靜靜入睡。在自然中的有與無是極端的豐盛與虛空，媽媽突然意識到自己也是其中的一部分，便覺得力量充滿，今後應該能無畏無懼。

「媽媽，妳好嗎？」

「你總算會說話了。」

「我一直都會說話。」

「那你之前為什麼都不開口？」

「但妳還是一直跟我說話。」

「大家都離開了，連你也是。」媽媽黯黯地說。

「每個人本來就會離開，妳也曾經離開過很多人，不是嗎？」

「但我不知道接下來該怎麼辦。我好像老得快死掉了，但又沒這麼快死。沒有失去過的人會認為那些凡事小心翼翼珍惜的人很可笑，太大驚小怪，可是我寧可被取笑也不想再失去任何東西。」

媽媽哭了起來。

「媽媽，妳不要哭。妳現在可以做的，就是不要讓還在妳身邊的人覺得妳已經離開了。媽媽，記憶是會漸漸淡忘，會扭曲的，這些都無法控制。可是妳要知道，媽媽，當我們和妳在一起的時候，我們愛妳，這是永遠不會改變的。不要哭，媽媽，妳會繼續遇到很多人，不管妳喜不喜歡那些人，會繼續走下去的，媽媽。」

「那你要去哪裡？」

「是妳要去哪裡？媽媽，我的旅程已經結束了，妳還要繼續。」

全世界都在晃，像被捧在懷裡的嬰孩，一面哼歌一面輕輕晃。媽媽分不清楚自己到底在哪裡，只是睡在很深的裡面，她知道好多人和她一起睡著。就跟小時候的畢業旅行一樣，和要好的同學一塊兒睡在鋪了棉被的地板上，又像是山上那座被遺忘的鑰匙工廠裡，來自不同地方的狗們睡在一起取暖。

後記

夏夏

在我的狗死掉約兩年後，我開始動手寫這本書。牠是一條好狗。

沒有狗的生活，不需要每天固定出去散步好幾趟，多出很多時間來寫作，但某種程度上，寫這本書的時候，卻和跟牠一同散步的時光一樣。

國家圖書館出版品預行編目資料

狗說 / 夏夏著. -- 初版. --
臺北市 : 聯合文學, 2013.08

280面 ; 14.8×21公分. -- (聯合文叢 ; 569)
ISBN 978-986-323-055-7(平裝)

857.7　　　　　　102015062

聯合文叢 569

狗說

作　　者／夏　夏
發 行 人／張寶琴

總 編 輯／周昭翡
主　　編／蕭仁豪
資深編輯／尹蓓芳
編　　輯／林劭璜
資深美編／戴榮芝
業務部總經理／李文吉
行銷企劃／蔡昀庭
發行專員／簡聖峰
財 務 部／趙玉瑩　韋秀英
人事行政組／李懷瑩
版權管理／蕭仁豪

法律顧問／理律法律事務所
陳長文律師、蔣大中律師

出 版 者／聯合文學出版社股份有限公司
地　　址／(110)臺北市基隆路一段 178 號 10 樓
電　　話／(02)27666759 轉 5107
傳　　真／(02)27567914
郵撥帳號／ 17623526 聯合文學出版社股份有限公司
登 記 證／行政院新聞局局版臺業字第 6109 號
網　　址／http://unitas.udngroup.com.tw
E-mail:unitas@udngroup.com.tw

印 刷 廠／鴻霖印刷傳媒股份有限公司
總 經 銷／聯合發行股份有限公司
地　　址／(231)新北市新店區寶橋路235巷6弄6號2樓
電　　話／(02)29178022

出版日期／2013 年 8 月　初版
2021 年 2 月 18 日　初版二刷第一次
定　　價／280 元

ISBN 978-986-323-055-7（平裝）